回望故乡

王志祥 著

海豚出版社
DOLPHIN BOOKS
CICG 中国国际传播集团

回望故乡

王志祥
先生造像
丙申冬月
莊明丘敬繪

回望故乡

李刨匠刨的笤帚平展、结实、秀气，很受农人欢迎。

崩爆米花是当年农村常见的行当，尤其受小孩子们的欢迎。

早年窗花郎挑着担子走街串巷卖窗花，大姑娘小媳妇儿围过来挑选。

吹糖人的手艺人制作的牛、马等牲畜及童叟人物栩栩如生，形象生动。

钉马掌师傅的技术炉火纯青，承担着村里大牲畜的钉掌任务。

杆秤作坊的师傅制作的杆秤精准、美观，畅销远近村落。

随着农村交易增多，

需要繁多的签字画押，

于是衍生了“刻字铺”这一行当。

早年农村娶媳妇，新娘子要坐轿子，
因此衍生了“花轿坊”这一行当。

柱子每天挑着竹筐走街串巷吆喝收鸡鸭，再卖到县城的饭馆里挣些差价养家。

早年农村集市、庙会常见“拉洋片”行当，
艺人圆润的唱腔配着有节奏的锣鼓声响，
一张张精彩的画面出现在箱子里，
吸引人们特别是小孩子前来观看。

早年常见的农村酿酒『烧锅坊』。

耍猴儿是早年深受农村大人小孩儿欢迎的娱乐活动。

走窑是十分辛苦且危险的行当，
走窑人从几千米深的矿井下，
把原煤背到井上，赚的是血汗钱。

目录

原乡之恋

——读王志祥的《回望故乡》

喻　晓

人至老境，总爱怀旧，怀念你的童年、你的少年、你那些陈年往事。

回望故乡，反刍乡愁，是一个正常人的天性。说来很巧，当老王告诉我，他要出版一本叫《回望故乡》的书，我一惊，哦，我也正有一本书在出版社，名字也叫《回望故乡》。为了避免重名，我赶紧告诉出版社，把书名改了。我们心有灵犀，可见人同此心，心同此理。

故乡，是一个人生命的根，灵魂的家，精神的原乡。

何谓原乡，就是你呱呱坠地，睁开眼睛看到的有第一所房子、第一座村庄、第一缕阳光、第一缕炊烟、第一朵白云、第一片花草的地方。这是你吃过奶的地方，是你启蒙的地方，是你成长的地方。这个地方决定了你的语言、风俗、口味、习惯和初心，你一生的行为，都无可避免地要打上它的印记。这个地方，有养育你的爹娘，有你无数的亲人，有你童年的发小玩伴，有你熟悉的小路荒径，有你听惯了的鸟声虫鸣，等等。所有这些，不管你走到哪里，都会让你难以忘怀，让你魂牵梦绕。

游子怀乡，王志祥是一个看重乡情的人。这是他第三本写故乡的书了。

第一本书是《远去的老行当》，图文并茂，很有特色，记录了许多乡村的“老行当”“老古董”，有记有叙，有惊有叹，给乡村修史，给记忆存档，极具文史价值。第二本书是《那些年那些事》，是前者的姊妹篇，大多是个人的回忆，亲历的往事，重现了乡村生活，揉进了自己半个多世纪的青春与生命。

这两部书的出版，在同事、战友之间和社会上都得到了良好的反响，给了王志祥同志很大的鼓励。

余情未了，余兴未尽，余事须表，老王乘势而为，又完成了续篇《回望故乡》。三部曲，如同三种不同的乐器，合奏一首故乡的颂歌，赤子心曲，乡音袅袅。

通读全书，给人留下印象最深的是，他对生养他的故土有着刻骨铭心的爱。这种爱，不是故作多情，也不是虚编故事，而是充溢在他每一篇文章中，浸润在每一个人物、每一件事情上，镶嵌在所有的字里行间。书中说到他的一个“猜想”——颇为古怪的村名，“次洛”与“敕勒”近音，使他联想到，这是否和鲜卑族有些联系？幽燕之地，古代战争迭起，外族南迁汉化是常有的事——暂时虽无确证，但不管如何，他这种“猜想”和对故乡的寄情和追远，说明他非常重视这片祖居之地，对先人，不管是贫穷还是富贵，都极为追慕。爱乡土的人，必定爱祖国；相反，数典忘祖，就没有资格谈论仁义道德，而且会为社会所不齿。

《回望故乡》秉承了前两本书的风格，那就是质朴和真实。这种质朴和真实，是发自内心，一种不牵涉任何功利的自然流露。无论是叙述如老戏台、打谷场、捋榆钱、百草园这样的乡风民俗，还是描写高人李二爷，“状元锄”孙二、李三等诸多“老把式”，一个个都历历在目，栩栩如生。前辈乡贤也好，贩夫走卒也罢，王志祥提供的舞台，都是活灵活现、原汁原味地呈现。多年前，我在一次给原南京政治学院新闻系的学员讲课时，讲了这样三句话：天道酬勤，人道酬善，文道酬真。为文之道，必须真实。只有真实的东西，才能感动人。虚发玄想，胡编乱造，可能炫耀一时，但绝对不会有持久的生命力。

回望，是对往事的追忆，对记忆的复盘。留住昨天，是因为你珍重生命。

20年前，我的一位堂爷爷喻军，他1938年参加革命，退休后，住在离老家100公里外的邵阳市。晚年沉疴不起，自觉时日不多，嘱咐儿子租了一辆车回到故乡。他离开家乡已经许多年了，老家没有了亲属，旧房子也不在了。他坐在轮椅上，老眼迷离，从远处瞭望那山，那水，那田园，那村庄。落叶归根，他人生最后的念想，就是要看一眼那片曾经生养过他的土地。

我自己，老家村子的名字叫春溪湾。我使用的网名、微信名一直是“绿水春溪”，我的书房名之“望春斋”。故乡春溪永远在我心里，将陪伴我的一生。

王志祥也是这样。他久居京城，梦里乡关，情之所依，魂之所系，还是那个一辈子眷恋的龙骨山下那个名叫“大次洛”的普通村庄，用他自己的话说，那里的“一口古井，一盘石磨，一棵老树，一堵残墙，一群鸡鸣，一阵犬吠，一台村戏，一首歌谣”，都会搅得自己心神不宁，食不甘味。因为那是他心灵的寓所，其间，倾注了他生命中太多的情感。将这份情感，形之于文，装帧成书，安慰自己，鼓舞别人，这就是“回望”的价值。

2021年9月12日于望春斋

关于故乡名字的猜想

在首都西南50公里处，有一个有着几百户人家的自然村庄，名字叫大次洛村。那是生我养我的故乡。在那里，我度过了童年和青少年的美好时光。

据《辞源》介绍，村庄是人类落居发展中的一种初级形式，通常指固定的居民点，由建筑物、道路、田园、水资源等要素组成，显著特点是人们以土地资源为主要生产生活对象。它起源于旧石器时代中期，人类从穴居野外到筑室成居，经历了百万年的漫长演变发展过程。就我的故乡大次洛村而言，据说从辽代开始就已成村，也有相当久远的历史。

从我记事起，特别是上学认字以后，我就不断思考自己故乡的名字。中国北方农村的名字，大都叫屯、庄、店、营、沟、峪、街、井，等等，我们村周边的几个村子也分别叫庄、街、井、楼等，唯独我的故乡名叫大次洛村。这是为什么？我曾查过有关书籍、文档，既没有“大次洛”这个词条，更不见有关解释。

那么，“大次洛”到底是什么意思？有人说，村西有条河叫次水河，“大次洛村”由此得名。我倒不以为然。因为我觉得，既然按该河取村名，那么应叫“大次水”，为何把水改成“洛”？再说，次水河离我们村较远，还不及周边几个自然村离次水河近，大次洛村由此得名，显然说服力不强。

联想到村子西南二里路远还有个小次洛村，我突发奇想：“大次洛”难道是族名、人名？冥冥之中，我想到了与“次洛”谐音的“敕勒”。

“敕勒”，由鲜卑语翻译而来，鲜卑是中国古代民族，属北魏时期北方游牧民族，又称赤勒、铁勒等，4世纪中叶生活在内蒙古阴山一带，后臣服于中原，逐渐南迁并汉化。

照此推论，“次洛”可能由“敕勒”演化而来，由此南迁到次水河畔，分别在相邻两处落脚，形成后来的大、小两个“次洛村”。如真是这样，那么我的故乡的历史便十分厚重了，要真正厘清“大次洛村”的来龙去脉，可就不是简简单单就能够办到的事情。

不管是不是从“敕勒”演变而来，单从村里的五座庙宇看，早年的大次洛村就非一般的自然村落，很可能相当热闹、繁荣、祥和。

先说第一座庙——三义庙。所谓“三义”，指三位义士：三国时的刘备、关羽、张飞，为他们建的庙宇，故称“三义庙”。

该庙建于村东，坐东朝西，东大殿内有刘备、关羽、张飞三座神像，南北厢房各数间，供庙内人员办公住宿用，从西边进大门是个小跨院，有南北厢房，为仓库和厨房。整座庙宇建在村东高台之上，全村民居尽在“三义士”视线之内，象征刘、关、张三义士护佑大次洛全村黎民百姓。中华人民共和国成立后该庙废弃，改做初级小学校用，我当年初级小学就是在那里读的，如今庙宇旧屋全无，变成一所全新的小学校园。

第二座庙宇——云盖寺。该寺占地面积很大，从村东山门内向北直通村北，坐北朝南，进南门后，第一院落正殿为天王殿，东西厢房数间，院中砖石铺地，松柏参天。穿过天王殿进入后院，后院正殿为大雄宝殿，释迦牟尼佛祖像端坐大殿正中，十八罗汉靠左右墙壁而坐。院中有一钟楼，一只偌大铁钟悬挂楼中，凡有禅事活动，钟声频起，传遍全村。左右建厢房数间，供寺内僧人居住。大雄宝殿后是一空院，空院西墙有一小门，直通西跨院。跨院坐北朝南，建有菩萨殿，内供奉大慈大悲观世音菩萨像，左右建有厢房数间。此院专做僧人诵经禅事活动之用。中华人民共和国成立后该跨院一直作为村公所办公用地。“文化大革命”时，观世音菩萨像被红卫兵砸毁。改革开放后，一贤仁志士自费重修观音像，直至今日仍保存完好。

第三座庙宇——尼姑庵。村中央有一正方形广场，广场北端建有露天老戏台一座，台高两丈余，专供全村祭祀、求雨、集会、走会（早年村里办有叉会、旱船等会所）用，中华人民共和国成立后为村里唱大戏、放电影、举办各种庆祝活动的场所。戏台正对面，也就是横贯村东西大道的南侧，便是尼姑庵的所在地。该庙坐南向北，门左右两侧各有古槐一株，树干粗壮，直径盈米，树冠如两把巨型大伞，给门前投下偌大一片阴凉。进得庙门，正南主殿供有观世音菩萨像，像前席地放有金黄坐垫，供尼姑禅事活动或百姓进香跪拜专用。院中建东西厢房数间，供尼姑住宿用。早年间该庙驻有尼姑若干，多为婚姻不顺或家庭变故而削发为尼者。那时，庵内终日香烟缭绕，禅事不断，好不热闹。

第四座庙宇——五道庙。该庙建在贯穿村东西大道的西山门内侧路北。所谓“五道”，应为：一“天道”，二“人道”，三“地狱道”，四“饿鬼道”，五“禽兽道”。传说五道庙专供村里人死后家人携老小、亲朋前往“报庙”用，上香烧纸，告知“五道”将军此人已奔向阴间，请诸神为其注销阳间户口，同时报上阴间户口，并请“五道”将军助其投胎转世事宜。此庙一直保存到中华人民共和国成立初期，我儿时常见丧事人家前往进行“报庙”事宜。随着人民群众思想觉悟的提高和殡葬制度的改革，“报庙”这一迷信陋习逐渐被摒弃，五道庙也完成了它的历史使命，在一阵锹镐声中变成了瓦砾。

第五座庙宇——洛神庙。据说该庙建在村西北五百多米处，早已消失不见，我小时候见过高出地面一米左右的庙基，旁有一巨型桑树，我们常到那里摘桑葚吃，老人们称这一处为“庙台疙瘩”。直到今天，那里的地面仍比周围农田高出一截。所谓“洛神”是传说中伏羲的女儿宓妃，其貌美如花，活泼聪慧，谁知竟命运不佳，不慎落水而亡，被玉帝封为“洛神”。大次洛村先人建此洛神庙，意在祈祷“洛水之神”护佑这方土地上的黎民苍生平安祥和、繁衍生息、风调雨顺、连年丰收。

古老的中华大地，山川秀丽，风光旖旎，从上古时代起，智慧的先人总是择建庙宇于名川胜地。我的故乡，一个小小的北方自然村落，竟有五座庙宇立于左右，足见“大次洛村”实乃风水宝地。从另一角度讲，庙宇不仅是人们宗教信仰的皈依之地，又是历史文化的汇聚之所。也就是说，作为封建社会的产物，庙宇不仅有封建迷信的东西，也有针砭邪恶、嫉恶扬善的警示之意，岂可只见一炷清香几声佛号，而不见其承载着源远流长的中华文明史？在我国，不论城市还是乡村，凡有庙者，无论大小，均渗透并昭示着人们生活的方方面面，诸如天文、地理、历史、建筑、绘画、书法、雕刻、音乐、舞蹈、文物、民俗等。单从庙宇的建筑上说，不论哪一座，从台基到主体再到屋顶，其形宏伟庄重，其式美观大方，其中一石一瓦、一柱一梁、一卯一榫、一门一窗，是那么考究、精准、漂亮，足见中国古代匠人手艺高超。从庙宇的楹联上看，同样使人昭昭，令人叫绝。村中五座庙宇中，从山门、殿门、立柱、亭阁、经堂、禅堂、客堂看去，楹联各异，琳琅满目，其中不乏名人大家的题撰或手笔，具有相当高的艺术水平，不仅可资研究宗教文化和民间信仰，同时也是一道亮丽的文化景观。以村东三义庙主殿楹联为例，上联为：汉室赖三人，留得住百年社稷；下联为：桃园专一义，解不开万世肝肠。从楹联平仄对仗到遣词用字，都相当严谨、老到，堪称一绝，刘、关、张三义士其功德、其襟怀跃然而出。村西五道庙的楹联更有气魄，上联是：庙貌垂千古；下联是：威灵镇四方，看一眼便周身冷战。既然庙宇承载着如此厚重的文化底蕴，反过来它也潜移默化地影响着我的故乡文化与文明的进步和发展。

能够佐证大次洛村早期文化文明的发展进步的，还有一特别实例，那就是村北云盖寺曾是唐朝“诗奴”贾岛的出家之地。

据史料介绍，贾岛（779—843），别名贾阆仙、贾瘦岛、贾神仙，河北范阳人。早年，他家境贫寒，曾游居我村北三十多里路的石峪口村，那里建有贾岛庵，现早已塌陷，只留基石“沉睡”在原址。由于门第寒微，迫于生存，贾岛19岁那年云游我村时，于云盖寺栖身释门为僧，法号“无本”。自此，他枯寂禅场，终日打坐参禅、拜佛念经，淡于荣利，世事颇少萦怀。但他酷爱吟诗，常常为得一佳句冥思苦索、忘乎所以，“推敲”典故便是从他而来。

对于“诗奴”贾岛出家于我的故乡大次洛村北云盖寺一事，近年融媒体多有报道，我无须再次考证，倒是河北省某县县志里确有文字记载（我县早年属河北省管辖）：“村旁云盖寺是贾岛出家的地方。”由此也可说明大次洛村早年并非荒蛮瘴疠之地，而是繁华鼎盛之垠。有道是：蝶恋花、蜂逐蜜嘛。

近闻村里兴修水利时，不经意间在村边出土酷似轮船铁锚和石制毛猴之类的文物，这就又从另一侧面验证了我的故乡大次洛村早年或曾是湖河码头或船舶渡口，想来当年船帆点点往来不断，商贾云集热闹非凡，为一隅富庶之地。

说我的故乡大次洛村，非平常乡野枯村，从它的左邻右舍之悠久的历史也可佐证——

大次洛村正北6公里处，便是中国猿人（北京人）的故乡周口店龙骨山。考古发现，大约在70万年前，“北京人”就游居在龙骨山的洞穴中。“北京人”属于晚期猿人，那时他们已经能够直立行走，能够制造工具，能够从事生产活动。龙骨山，是研究原始人类的一座珍贵宝库。

大次洛村正南6公里处，便是琉璃河西周燕都遗址。史书记载，周武王灭商以后，在北方分封了诸侯国——燕国，是周王朝初定天下时，中央政权分封在王国北疆唯一的姬姓诸侯国。那么燕国的都城在哪里？史书未告知明确地点。1962年至1978年，经过考古发掘，发现琉璃河一带便是西周燕国国都所在地。古城遗址坐落在琉璃河镇大石河左岸董家林村，是迄今西周考古发现的唯一一处城址、殿区、诸侯墓地同时并存的遗址。先民们在这片土地上开疆拓土，播撒文明，谱写了精彩的历史篇章，那是智慧的城市之光。

大次洛村正西6公里处，便是享有“北方巨刹”盛誉的云居寺。该寺始建于隋末唐初，是一处集古代建筑、文物、宗教和自然风光为一体的综合名胜景区。整个景区包括云居寺和石经山两部分。“因经而寺，寺以经贵”。石经山于东，是房山石经刊刻起源之处；云居寺于西，内藏石经、纸经、木板经、唐辽塔群、佛祖释迦牟尼舍利等众多文物古迹，其中尤以14278块房山石刻佛教大藏经著称于世，被誉为“佛教圣地，石经长城”，堪称一部自隋唐以来绵延千年的佛教经典。近闻报载，当年大唐玄奘和尚，从印度取回的真经，一半留在了陕西西安大雁塔，一半留在了房山云居寺藏经洞内，这为云居寺这座“北方巨刹”更加增添了一层神秘的面纱。

我的故乡大次洛村北、南、西邻里个个身手不凡、声名鹊起。然而说起它的东邻，就更非平庸之辈。就在村东不足两公里处，有一座贾公祠，虽属现代建筑，但唐代“诗奴”贾岛云游房山远近一带的足迹，馆内均有记述。顺贾公祠再向东北不足50公里处，便是久负盛名的辽陪都、金中都、元大都、明清国都、中华民国北洋政府首都等六朝古都——如今的中华人民共和国的首都北京，其文化灿烂，历史悠久，是世界上拥有文化遗产最多的城市，尽人皆知，在此不赘述。

野埌生恶草，良田育佳花。大次洛村被名山古城包围，自然借得不少圣德仙气，演变成风水宝地。事实也正是如此。村中刘、李、郑、王、赵、蔡、薛、商、靳、姜、张、杨等十几大姓人家，先后从华夏各地迁徙而来，逐渐形成如今庞大的自然村落。以北井儿王姓家族为例，据考证，便是400多年前从河北省保定清苑县全坤乡投奔而来，形成今天的北井儿王家旺族。历史上，大次洛村虽没有出现过名门高官，但倒也不乏名士乡贤，尤其是中华人民共和国成立后，从大次洛村走出诸多仁人志士，其中有川藏公路的建设者，有“两弹一星”的参与者；有大、中、小学的教授、校长，有省部级“上山下乡知识青年”先进典型；有国家名企的厂长、经理，有国家机关的公务人员；有中央级报纸的编辑记者，有首都文学期刊的编委主编；还有军中的师团级军官。他们当中有的上过报纸、电视、电台，有的被中央、省市级领导接见，成为大次洛村的骄傲。

限于手头史料不足和本人已近耄耋之年，无力考究我的故乡大次洛村的厚重历史和演变过程，只能冥思猜想，抛砖引玉，翔实、科学的乡史村志有待聪明智慧的后人去探究完成。顺此留《渔家傲·故乡愿》词一首，以示游子之情：

背枕绿水青山，眺望千里平川，天生沃野一片。道是：非瘴蛮，尽庶渊，秦皇汉武也垂涎。 亭阁庙宇寺庵，民居松柏堤岸，梦中考究源远。怎奈：鬓霜染，身躯倦，付与来人还夙愿。

老戏台恋情

在我们村中央，有一个很大的广场，广场北端有个高两丈左右、方方正正的老戏台，广场南端是个尼姑庵，庵前一条大道横贯东西，把村子分成南北两部分。

这个老戏台和老戏台前的广场哪年建立、如何形成，我无从考证，大都传说先人组村时有意建而留之，外迁来的住户只能围绕这片空地建房定居。随着迁来的住户越来越多，村子向外延展也就越来越大，最终形成了现在的规模。

从我记事起，老戏台和广场的用途越来越广，每年春节或秋季丰收后，村里戏班子都要在老戏台上唱几天大戏，全村人集聚在广场上，享受这一年一度的快乐；村里的叉会、鼓会、旱船会、高跷会等民间游艺活动不定期在广场上演出，村民们自娱自乐，享受生活；外埠来的耍猴、变戏法的艺人在广场上画个圈儿，在圈内表演技艺，供全村人观看；本村或外村做小买卖的商贩，如卖花生瓜子、糖疙瘩、大柿子、糖葫芦的，围着广场四周摆摊卖货；还有剃头匠、修鞋匠、焊洋铁壶、吹糖人儿的，也都在广场四周安营扎寨，你呼我喊，好不热闹。可以说，当年那里是全村最热闹、最繁华、最有生气的地方，特别是孩子们，最喜欢在那里追逐打闹。

在我幼年、童年、青少年时期，老戏台前的广场是我去得最多的地方，因此给我留下了不尽的思念。当然，除了看大戏看表演让我终生难忘外，参加老戏台前那些带有政治色彩的重大活动，更让我刻骨铭心。可以这样说，我们村老戏台和老戏台前的广场，如同北京城里的天安门广场，发生什么重大事件、有什么重大政治活动，村干部都要把村民集中到老戏台前的广场上，由上面派人前来向村民传达，也就是说，那里是召开村民大会的场所。

我出生在1942年7月，那是抗日战争相持阶段后期，是共产党领导敌后抗日运动最艰苦的阶段。那时，京郊房山兵荒马乱、民不聊生。襁褓中的我终日随父母东躲西藏，四处逃生，受尽苦难和欺凌。大约在我刚刚记事那年的中秋那天，村干部突然通知乡亲们到老戏台前的广场上集合，说是向全体村民传达一件大事。我依稀记得，那天老戏台前红旗招展，人山人海。大约正午时分，村长站在老戏台上向乡亲们介绍一位县里来的干部，说是由他宣布这件大事。接着这位干部手拿一支圆筒铁皮喇叭高声讲话，大意是：从1931年9月18日“九一八事变”到今天1945年9月2日，中国人民前仆后继，同日本侵略者展开英勇斗争，经过14年浴血奋战，终于取得了抗日战争的胜利，迫使日本政府不得不接受《波茨坦公告》，主动无条件投降。今天，上级下令全民放假一天，全国悬旗三天，庆祝抗日战争和世界反法西斯战争取得胜利。这是中华民族历史上最伟大的卫国战争的胜利，也是中国近代以来抗击敌人入侵取得完全胜利的民族解放战争。县干部讲话结束，村干部带头高呼口号：庆祝抗日战争的彻底胜利！紧接着，全体村民舞动着手中的彩旗边沿街游行边高呼口号，庆祝活动持续到太阳偏西才结束。那是我有生以来第一次在老戏台前跟着大人参加活动。

1949年10月1日，是我一生中最难以忘怀的日子，那年我七岁，还没有上学。那天早饭后，全村人都集中到老戏台前的广场上。开始我不知道发生了什么，到了那里才听大人们说，此时北京天安门广场正在集会，毛泽东主席要向全世界宣布新中国成立了。对于一个七岁的孩子来说，我听不懂大人们议论的新中国是什么，也不知道毛泽东是谁。但是，我看到广场上的人们脸上都放着光，手里都举着用彩纸做成的小旗，无比欢欣鼓舞。那时村里还没有电，刚刚选举产生的村长手举着铁皮制成的圆筒喇叭站在老戏台上维持秩序。待下面安静下来后，他举着铁皮喇叭说，今天是个大喜的日子，一会儿乡政府来人向我们传达这个大喜讯。

大约等了一个小时，乡里来的那个干部走上老戏台，接过村长手里的铁皮喇叭向全村介绍北京天安门广场将要发生的一件惊天动地的大事：中国人民在中国共产党的领导下，推翻了压在中国人民头上的帝国主义、封建主义、官僚资本主义三座大山，彻底改变了近代以来100多年中国积贫、积弱、受人欺凌的悲惨命运。一会儿首都北京将举行数十万军民参加的开国大典，毛泽东主席将在天安门城楼上向全世界庄严宣告中华人民共和国中央人民政府成立。从此，我国成为一个以工人阶级为领导、以工农联盟为基础的人民民主专政的独立国家，劳动人民开始真正当家做主人，掀起社会主义建设新高潮，走向民族复兴的壮阔大道……

我没有完全听懂这个乡干部的讲话内容，只知道大人们都聚精会神地听，不时高呼："中国共产党万岁！""中华人民共和国万岁！""毛主席万岁！"

又过了一个小时，乡干部举起喇叭继续高声说："现在北京天安门广场开始了大游行，我们也要游行，和全国人民一道庆祝这个欢乐、幸福的时刻。"接下来，村长公布游行路线，由村干部领队、民兵开路，沿全村街道游行，一直到太阳偏西才结束，整个庆祝活动持续了三个多钟头。从那时开始，在我的心目中埋下了一颗种子：10月1日是国庆日，是中华人民共和国成立的日子。

如果说1949年10月1日的国庆游行在我幼小的心灵里埋下了一颗祖国新生的种子，那么1950年秋季的"抗美援朝"则让我懂得了"唇亡齿寒"的道理。

那时我刚上小学一年级。记得全村人包括小学学校的师生，多次集中在老戏台前的广场上，听县、乡两级政府派来的干部宣传"抗美援朝"的意义，号召乡亲们有钱的出钱、有力的出力，支援志愿军在异国他乡英勇杀敌，多打胜仗。记得那年秋季的一天上午，乡亲们早早来到老戏台前的广场上，听县里来的一名干部宣讲“抗美援朝”。这位干部40岁左右，高个子，大眼睛，刚剃的光头闪闪发亮。他在村干部的陪同下，站在老戏台上宣讲：我们的新中国刚满周岁，人民的好日子刚刚开始，在我国东北鸭绿江对岸，美国杜鲁门政府悍然派兵武装干涉朝鲜内战，纠集多国组成的联合国军进入朝鲜，不顾中国政府多次警告，越过三八线，直逼中朝边境。讲到这里，那位干部发出呐喊：“乡亲们，朝鲜人民在受苦受难，我们能看着不管吗？我们的国家面临着再次受帝国主义践踏的危险，我们能无动于衷吗？”

“要管，我们要支援朝鲜！”

台上台下你呼我喊，汇成一股股愤怒的洪流，奔腾向前，势不可当。

攸关国运，止戈为武。接下来，县干部继续讲：眼下一支浩浩荡荡的中国人民志愿军队伍正跨过鸭绿江，奔向朝鲜战场。因为新中国刚刚成立，我们还很穷，党中央毛主席发出号召，动员全国人民“抗美援朝”保家卫国，现在有的地方掀起参军热，有的人捐款捐物，甚至捐飞机大炮支援前线打击敌人。我们村是有着优良传统的村，我们村的乡亲们是有着高度觉悟的乡亲，眼下全国都在响应毛主席的号召，我们也不能落后啊！

“我们要当兵上前线！”

“队伍打仗要吃饭，我们要种好地、多打粮，支援志愿军！”

“天气很快就要冷了，不能让前线的战士受冻，我们把新摘下来的棉花捐出去，给部队做棉衣！”

……

广场上群情激昂，口号声、呐喊声震天动地。

散会后，年轻人包括女青年纷纷跑到村公所，要求当志愿军，去朝鲜打仗；年长者拉家携口抱着母鸡、赶着肥猪到村公所，说是送到前线犒劳战士……县、村干部堵在村公所门口，给大家讲解上级有关参军捐献的政策规定和条件要求，动员乡亲们先回家去，至于哪些人可报名参军、怎么捐款捐物，待村委会研究决定后通知大家。

如果说那些发生在老戏台前的重大事件让我感受到，一个国家如同一个省、一个县、一个村、一个家庭，每时每刻都是动态的、变化的、发展的，倒不如说这个国家发生的每一个重大事件，都在不知不觉中改变着每个人的思想观念，甚至可以在每个人的心灵上种下一颗颗关心政治的种子。

1957年，我已经15岁，刚刚上初中。这年7月，党中央发出指示，在全国范围内开展反右，一直到1958年夏季才结束。但是，这场反右派运动被一些人扩大化了。这些人混淆了两类不同性质的矛盾，致使党内一部分干部被错划为"右派"。我之所以了解一些这场复杂的政治运动的来龙去脉，同样是在老戏台前的广场上听县、乡干部介绍的。那场运动告诉我，两种思想、两条道路的斗争无时无刻不存在，"政策和策略是党的生命，各级领导同志务必充分注意，万万不可粗心大意"。

让我记忆尤其深刻的要数1958年的人民公社运动。那年，我们村已经通了电，街道上安装了高音喇叭，每天清晨喇叭里都播放《东方红》作为开始曲，接着播放北京党中央的声音和县、市两级新闻，还有《社会主义好》等革命歌曲。

庆祝人民公社成立，是我在老戏台前的广场上参加的最后一场大型政治活动。此后，我就专心读书，高中毕业后便离开家乡参军入伍了，一直到花甲退休。

我留恋故乡的老戏台，留恋老戏台前的广场，更留恋当年在那里参加的各种有政治意义的活动。她启蒙了我关心政治生活、关心国家大事；她引领我热爱党、热爱祖国、热爱人民。我参军后，由一名连队普通战士走上政工干部岗位、迈向军中最高报社编辑部的大门，与童年和青少年时期家乡老戏台上那些政治灌输、广场上那些政治活动不无关系。

家乡的老戏台永生！

家乡老戏台前的广场万岁！

分土地分浮财

几千年来，中国的土地一直掌握在地主阶级的手中，耕种土地的农人，不过是地主阶级的奴隶和长工。我的故乡北京房山农村和全国广大乡村一样，在中华人民共和国成立前多数土地属于地主阶级私有。

北平和平解放后，中共北京地委即刻领导郊区广大农民向封建土地制度展开了一场伟大斗争。这场斗争的中心就是消灭几千年来封建的经济基础，废除封建的土地私有制，为解放生产力扫清障碍。

村里的地主富农们听说要把自己家以土地为主的生产生活资料分给无地、少地、生活贫困的农户，很是想不通，认为共产党断了自己的活路，难免产生抵触情绪。于是，有的私下里急于出卖土地，甚至到了“不管多少，给钱就卖”的程度，也有的将家里的银圆、首饰装进瓷罐中，偷偷埋进地下。土改工作队的同志和村干部一起向他们宣讲《中国土地法大纲》等党中央的方针政策，向他们讲明这次“土改”不是把地主阶级的土地和浮财全部分光，还要留一部分土地由自家耕种，留一部分浮财供自家生活所用。反反复复宣讲党的政策，使村里的地主富农真正认识到，这次“土改”不是将他们一棍子打死，生活还要继续，未来还有希望。于是，他们放下了思想包袱，停止了出卖土地的行为，如数向农会报告自家的土地，还主动把私藏的现金、珠宝等交了出来，配合“开仓济贫、分土地分浮财”的土地改革运动。

祖祖辈辈没地或少地的农户，一夜之间有了属于自己的土地，那个兴奋劲儿溢于言表：有的找木匠做了一块高高大大的木牌，请村圣乡贤在牌子上工工整整地写上自己的名字，牢牢地插在自家刚刚分得的土地上；有的趴在自家的地里，捧起一把黄土，闻了又闻，那种甜蜜感、幸福感油然而生……

村西山门外的二蛋爹是从外埠逃荒来到我们村的。当年，他和二蛋爷爷两人给外地一家地主扛长活，一年到头累弯了腰，到年终仍是两手空空，过春节连顿净面饺子都吃不上。他们不甘心受地主的欺凌和压榨，从魔掌中逃了出来。他们哪里知道，天下乌鸦一般黑，这里的地主同样剥削成性、鱼肉百姓。二蛋爷爷气得一病不起，不久饮恨而亡。二蛋爹在这次土改中分得了四亩好地，他和土改工作队丈量完那四亩地后，趴在地里痛哭了好一阵子，末了，从怀中取出一块事先准备好的红布，从地里抓了一把土，用红布包好带回家中，郑重地供在二蛋爷爷遗像前的方桌上，然后跪在地上颤巍巍地说：“爸，咱们这儿解放了，土改了，咱家也有自己的土地了，这包土就是从咱家地里取回来的。您老闻一闻，可香啦！”

耄耋老人孟春已经几十年没走出过家门了。在他27岁的时候，家乡遇到大旱，给村里一家地主打长活的孟春被派去地里打井抗旱。一天轮到孟春到井下挖土时，往上绞土用的绳子断了，满满一筐黄土结结实实地砸在了孟春的双腿上。从此，断了双腿的孟春再也没有站起来。因为不能干活了，被狠心的地主赶出家门，从此靠着拄两根木棍乞讨度日。土改分田地的时候，他向土改工作队提出一个特殊要求：别的地再好我也不要，请把那块儿带水井的地分给我吧，因为那块儿地里不仅有我的汗，还浸着我的血，我要让我的儿孙们记住，我的双腿是给地主打长活时被砸断的，是地主逼得我拄着木棍沿街讨饭的！村干部和土改工作队的同志考量了孟春的具体情况，最终答应了他的请求。拿到“土地证”那天，他叫全家人把他抬到那块地里，铺上一块草席，竟在那里睡了一夜。他说：我翻身了，做了土地的主人，昨夜体会了一把睡在自家地里的滋味儿，一个字——美！

是啊，翻了身的农民不知道以后的日子怎么个过法，竟用许多无法解释、看似可笑的方式体味着翻身的味道，释放着内心喜悦的情绪。

到1950年3月底，轰轰烈烈的分土地运动结束了，接下来便是“分浮财”。

与分土地相比，分浮财同样热闹非凡。那天，在全村最大的一家地主的打麦场上，一条红布绳将场院围了个大圈儿，圈内摆满了各种生产生活资料，大的有胶轮车、骡马牲畜、鸡鸭家禽，小的有瓶瓶罐罐、锅碗瓢盆、珠宝首饰，还有各种丝绸、布匹、现大洋。这都是村里几家地主富农“捐”出来的，两天前就登记造册后摆放在这里了，由民兵昼夜值守。

听说分地主富农家的浮财，乡亲们早早就来到了这里，围在场院周边等候村干部喊自己的名字。红绳围起来的东西，他们有的使用过，那是给地主家扛长活时用过，至于那些瓶瓶罐罐、珠宝首饰，他们见都没见过。前几天听说要把这些东西分给他们，他们都不敢相信是真的，今天看了这场面、这阵势，相信是真的了，要不为什么乡里还来人坐镇呢？

“刘有财！你分得胶皮轱辘车一辆，请前来认领！”

躲在远处的刘有财听到农会干部喊自己的名字，并分得一辆胶皮轱辘车，惊得几乎晕了过去。往上数几辈儿，不要说胶皮轱辘车，就是手推车也未有过。这辆车，他用了几十年，是给地主扛长活当车把式。他用它拉过煤，但自家没烧过一斤；用它运过粮，但自家没吃过一升……顶风冒雨苦干了几十年，到头来还是房无一间地无一垄，连儿子读书都供不起，他儿子40大几的人了，还没讨上媳妇。如今这辆车是属于自己的了，往后的日子有盼头了。想到这里，他大步走出人群，来到乡干部、村干部面前，冲他们深深地鞠了一躬，起身向他使用了几十年的那辆胶皮轱辘车走去。

“等一等，请有财同志在这张表格里按个手印再去接车！”村干部说。

听到这话，刘有财愣着了。他想起了杨白劳在卖身契上摁手印的情景，想起了自己向地主家借粮度春荒、借钱发葬爹娘在借条上摁手印的情景，于是自言自语地说："我就说嘛，天上不会掉馅饼，就算掉下来，也不会砸到我的头上。今天摁了手印，就等于记上了账，说不定哪天要吐出来的。"于是，他拉着儿子，又向乡干部、村干部鞠了一躬，说了声"我不要啦！"转身大步走出人群离开了。

乡干部、村干部让民兵连长把刘有财拉了回来，像是对着刘有财、更像是对着在场的所有乡亲们说：有财大叔是不是把登记摁手印当成"变天账"了？我们负责任地告诉乡亲们，有共产党、毛主席在，有人民政府在，天变不了，今天分浮财，包括前边分的土地，大家就放心地享用吧。之所以登个记、摁个手印儿，是为了证明我们把东西分下去了，分到乡亲们手里了，不然我们说不清楚，不就成了一笔糊涂账了吗？

乡干部、村干部的话，把乡亲们逗乐了，刘有财也开心地笑了，伸出大拇指在一张表格中自己的名字上摁了一个重重的红手印，然后和儿子一起把那辆胶皮轱辘车拉走了，边走边对儿子说："这回我刘有财真的'有财'了。儿子，好好干，明年这个时候爹给你娶媳妇儿！"

村中李老太已过花甲之年，身边无儿无女。早年，她丈夫给村里的地主当长工，一次去放猪，天突然下起了瓢泼大雨，他急忙赶猪进圈，慌忙中数错了数，丢了一头猪，雨停了去找，才发现那头猪掉进涸井里摔死了。地主家知道后让他赔100现大洋，他拿不出，竟从他工钱里扣，这样一来，他天天白给地主干活，拿不到一分钱，家里没钱买粮，李老太只好也到地主家做长工，混碗饭吃。

李老太到了地主家，主要做针线活计，供地主家五个孩子冬棉夏单衣服穿。那时李老太还年轻，白皙清秀，水灵灵的，很有几分姿色。那年月美貌也惹祸。李老太来到地主家不到半个月，一天正给地主家大儿子量上衣尺寸，不料竟遭到地主家大儿子强暴。李老太丈夫不干，把地主家大儿子告到了县上，谁料县衙收了地主家的钱财，强暴者不但没有受到任何制裁，李老太丈夫却以诬告罪名活活挨了40大板。心里的这股气出不来，李老太丈夫一病不起，20天后含冤西归。为了生存，李老太不得不继续在地主家当长工，好不容易盼到解放。

“分浮财”那天，李老太不要银圆和珠宝，点名要地主家的那架缝纫机。

那是一架日本早期生产的脚踏式缝纫机，机身精美，机头轻巧，轻轻一蹬，锁式线迹针脚细密、匀称、牢固。据说，那是地主家大儿子给日本人做事积极，日本侵略军的一个小头目小田龟狼奖给他的。地主家自从有了这台缝纫机，李老太倒是轻松了许多，不少针线活儿都是靠这台缝纫机完成的。算起来，这台缝纫机也跟着李老太七八年了。那个年代，全县也找不到几台缝纫机。李老太提出分地主家这台缝纫机，一是因为熟了，用着顺手，二是因为自己年纪大了，重活干不动了，将来用它开个铺子，好歹蹬两脚也能混个饱饭。乡、村两级干部考虑到村里还没有其他人能玩儿转这玩意儿，最终同意将它分给了李老太。

分土地也好，“分浮财”也罢，最让乡干部、村干部和农会操心费神的，是张三家的一双儿女。八年前，张三媳妇得了一场大病，因没钱医治死了，从此张三又当爹又当妈拉扯两个孩子，谁料“土改”前一年张三也得病死了。前段儿时间分土地时，干部们考虑孩子们小不能劳动，便把分给两个孩子的土地交给他们远房大伯代种。如今分浮财更让人作难：分给孩子粮食吧，他们不会做饭吃；分给孩子布匹吧，他们不会做衣穿；分给孩子现大洋吧，他们不会买东西……思来想去，最后想出个好主意：不管什么浮财，该分孩子多少就分多少，由他们隔壁李老太全权代管，由李老太负责两个孩子的生活，村上适当给李老太一些补助。这样，既解决了李老太孤单的问题，又解决了两个孩子的吃穿问题。经商议，双方都满意，一件棘手的问题就这样迎刃而解了。

就在那天，乡亲们从全村最大一家地主的场院上，有的背回了粮食，有的领到了银圆，有的拉回胶皮轱辘车，有的牵回骡马驴牛大牲畜，有的赶回肥猪，有的抱回鸡鸭，有的扛走种地用的犁耧锹镐等农具，有的装走锅碗瓢盆等生活用具……总之，全村乡亲们根据各家实际情况，各取所需，各有所得。

我家三伯父写一手漂亮的毛笔字，文化知识、社会知识都比较丰富，算得上村圣乡贤，分浮财那天，村干部和农会专门请他负责登记造册做记录。太阳快落山了，场院上的东西基本分光了，三伯父发现靠墙角处有两件小物件没人问津，一件是给牲口铡草料用的铁片铡刀，一件是给牲畜梳理鬃毛用的铁齿梳子。三伯父最后交账单时对村干部说：“这两件小物件无人问津，我拿走吧，说不定将来日子过发达了用得着呢！”

那天晚上，全村飘出了男女老少的欢笑声……

寻乐百草园

鲁迅先生有一篇绝妙的散文——《从百草园到三味书屋》，文中描写了两个色调不同、韵味各异的场景：百草园和三味书屋。且不说“三味书屋”，单就“百草园”的描述，堪称一绝：先生以乐为中心，采用白描的手法，以简约的文字，由远及近、由高到低、从静到动、先夏后冬，对百草园的景物做了有层次的描写。首先写远处看到的景物，如菜畦、皂荚树，再写身边的、眼前的景物，如何首乌根、覆盆子果实；先写静止的，如石井栏，再写动态的，如叫天子；先写生机勃勃的夏季，再写别有情趣的冬季……其间穿插“美女蛇”“捕鸟”的故事，动静结合、详略得当，突出了少年好动的性格，表现了儿童热爱自然、探求知识、天真活泼、无忧无虑的天性，充满童真童趣，引人入胜，读来令人回味无穷。

我的童年和青少年时期是在北京郊区农村度过的，准确地说，我的故乡就是个名副其实的“百草园”。按照我国明代著名医药学家李时珍所著的《本草纲目》分类，我故乡的百草园里，草、木、虫、兽应有尽有，甚至比鲁迅先生笔下的百草园更丰富、更漂亮、更有趣。你若不信，听我慢慢道来。

我故乡的百草园以“草”为最。那里的草种类繁多，仅我认识的、叫得上名字的就有几十种，如星星草、拜子草、山子草、马莲草、三棱草、蒿子草、竿子骨、谷妞子、菟儿丝、野芥末、小鸡根、车前子、酸刺儿溜、妈妈妞（地黄根）、苦苦菜、乐乐菜、马齿菜、蒲公英、野菊花、苋齿菜、刺儿菜、锯盆锯碗以及蘑菇、木耳等菌类。

我列举的这些草种，有的是学名，有的是我故乡的通俗叫法，大都为一年生或多年生，春天发芽生长，夏秋开花结籽，冬季落叶枯死。春季发芽时翠绿欲滴、清香淡雅，夏秋开花时万紫千红、争奇斗艳，冬季枯死后被勤劳者收回家中，或烧灶做饭，或垫圈造肥，物尽其用，各取所需。

这些草种看似其貌不扬、平淡无奇，有些可是绝佳食材。比如苋齿菜、马齿菜、乐乐菜、刺儿菜等，洗净煮熟后可凉拌或做馅，旧社会甚至三年困难时期，救活了不少人命。直到现在，许多家庭的餐桌上还时常有这些草种出现，却是因为吃腻了鸡鸭鱼肉，换口味“尝鲜”……

除了食用外，有些草种还有药用价值。以车前子为例，此草又名车前草、车轮草、猪耳草、牛耳草，为多年生草本植物，初春生苗，可煎剂入药，有利尿、祛痰、止咳、平喘功效。相传，汉将马武带兵征战羌人，被困荒无人烟之地。时值盛夏，又遇天旱无雨，军士、战马均患上“尿血症”。马夫张勇发现三匹战马不治而愈，近前一看，原来是吃了地上的车前子，于是自己亲自尝试，果真有效，便速报马武将军。马将军立即命令全军吃此草药，很快治愈了尿血症。

再如妈妈妞（地黄根）。此草同属多年生草本植物，初春生苗，烹制后可入药，有清热解毒、滋阴补肾、益精填髓之功效。北宋翰林官王怀隐等编著的《太平圣惠方》和唐代名医孙思邈所著的《千金方》中均有此草烹制的偏方验方。我童年时，村里老人常到村边地头挖回此草洗净煮沸当茶水饮，确有败火通气作用。

还有一种叫“小鸡根”的草本植物，我叫不出它的学名，只知道它开蓝色小花，其根也可入药。我童年常和玩伴们一起到坡头地坎儿处挖其根，送到药铺里卖钱，后来挖多了，药铺先生不给钱了，只送些空药盒子。即便不给钱，我们照样去挖，因为换回来的药盒子可以装玻璃球、小洋画等玩具，快乐同样满满的。

其实，我家乡的几十种草大都可以入药。我曾查阅过李时珍所著的《本草纲目》一书，那些可以入药的草种在该书中均有所介绍。

这些草种不仅可食可入药，有的甚至可做小孩儿玩具，比如马莲草，又名马蔺，多年生密丛草本植物，叶细长有韧性，割下晾干后，可用来系东西，农家包粽子常用它做捆绳。它还可以编织成小人儿、小马儿、小鸡儿等玩具。其花深蓝色，从根部掐断放入口中能吹出声响，酷似雏鸡鸣叫。我童年和玩伴们打猪草回来，常在田埂路边取马莲花一路吹之，好不快活。

我故乡的百草园“木”居第二。世间草与木向来共生共长，密不可分，木下必有草，草间必有木，木在草中立，草为木护根。故乡百草园中的木种同样繁多，常见的有榆、柳、桑、槐、梨、杏、桃、李、松、柏、杨、椿，还有山楂、大枣、丁香、皂荚、海棠等。这些树种在大人们眼中多为建造房舍、制作农具家具的最佳原材料，有的果实既是时令果品，又可入药疗疾，而在小孩子眼中，却有另一番乐趣。

桃、李、梨、杏自不必说，天生水果上品，为孩子们最爱。只是这些树种比较稀缺，倒是桑树比较普遍，因此孩子们对其果实桑葚并不陌生。我们村北一家祖坟地里有一棵百年老桑树，树干粗壮，五个成人手臂接起来也搂不过来，树冠像一把偌大的伞，罩着半亩大一片地。每年仲夏，手指肚大小的桑葚由绿变红，再由红变黑，熟透了，被风吹落下来，在地上留下茶碗口大小的黑色印迹。每到这时，大一些的孩子爬到树上边摘吃桑葚边摇动树枝，小一些的孩子捡拾落在地上的桑葚吃。回家的时候，每个人的嘴巴都是黑乎乎的，有的还弄到脸上、衣服上，几天都洗不掉。但是饱了肚子解了馋，嘴黑脸黑不在乎，家长们也不责怪，因为那年月家家都很穷，孩子们经常吃不饱饭，又没什么零食吃，能自己想办法解馋应该鼓励，只是担心别碰着磕着罢了。

对小孩子们来说，除了桑树供给他们桑葚吃外，其他树种也争着为孩子们做贡献。农人大都租种地主家的土地，或直接给他们当长工扛长活，终年过着食不果腹的日子。遇到荒年旱月，甚至以草根树叶充饥。从我记事起，就知道榆叶榆钱、柳叶柳芽、杨叶槐花都可以充饥。我曾听说过这样一个故事：一对张姓夫妻饥饿难耐，把一只柳条筐拆散插进坡头，柳条长成了一片柳树林，夫妻俩天天摘柳叶柳芽吃，竟奇迹般地存活了下来，从此改张姓为柳姓，以报柳条救命之恩。其实，我小的时候也吃过这些，三年困难时期，村里几乎家家户户以菜根树叶充饥。

我故乡的这些树种中不乏名贵佳品，比如香椿树。据专家介绍，香椿树浑身是宝，其梗叶中含有许多人体需要的微量元素及矿物质，是一种老少皆宜、深受欢迎的上佳食材。据记载，早在唐代香椿就被列为贡品，那时候的宫廷御膳房就懂得用香椿烹饪菜肴。香椿的梗叶还是一种很好的药材，有开胃健脾、滋阴补阳的功效，故有“助孕素”美称，长食可清热利湿、润泽肌肤、增强免疫力，对肠炎、痢疾及泌尿系统感染等均能起到辅助治疗作用。香椿木还是上等木材，可与红木媲美，其质地坚硬，纹理通直，花纹美观，素有“中国桃花心木”之称，观赏性极佳。它还耐磨、避虫，又称“辟邪木”，民间称其“百木之王”，是船体制造、汽车装饰、家居家具、钟表外壳等最好的用材。讲究者还用其做木盒装珠宝首饰、高档香烟等。香椿还是小孩子们最爱的“零食”。一般有香椿树的人家都舍不得吃头三茬香椿，总是拿到集市上去卖，换回散碎银两买盐买醋。第四茬香椿老了卖不出去了，才留自家食用。每到这时，大人们把香椿叶撸下来腌菜吃，把香椿梗儿用盐水煮熟，给孩子们当零食吃。

皂荚树也是一种名贵树种，其材质坚硬，是车辆、家具上等用材。荚果煎汁可代替肥皂使用，还可入药，有祛痰通窍、镇咳利尿、消肿排脓、杀虫治癣之效。皂荚种子含胶含油量大，据说含油量超过大豆，可用作增稠剂、黏合剂、絮凝剂、分散剂，广泛应用于石油钻采、食品医药、纺织印染、兵工炸药、建筑涂料等行业。

就木而言，小孩子们最有兴趣的是寻树苗栽树苗。春天，万物萌发，田野里麦苗返青，野菜丛生，有猪吃的，也有人食的。每到这时，小孩子们便背着筐提着篮到地里挖野菜，顺便寻找果树苗。常见的是桃苗和杏苗，去年人们吃了果肉将核扔到猪圈鸡舍中，随农家肥运到地里，犁地时翻进土中，经过一个冬天的孕育，生出幼苗，和麦苗比着长，被运气好的小孩子发现，高兴得手舞足蹈，小心翼翼地挖出来，在根部包上一团土，放进筐里背回家栽到院子里。我小的时候不知挖过多少桃、杏幼苗，栽在我家南墙下。记得我参军前，当年挖回的两棵桃树苗已长成大树，枝繁叶茂，每年春天花开满树，满院飘香，秋天果实成熟时压弯枝头，绿身红嘴儿，又大又甜。那是大自然的馈赠啊！

我故乡的百草园“虫”居第三。最常见的虫类有蚂蚁、蝈蝈、蚂蚱、蟋蟀、知了、蜘蛛、蝎子、蚰蜒、官都、螳螂、马蜂、蚯蚓、黑老婆儿、花大姐、萤火虫、蚊子、苍蝇，等等。如果把飞禽也归入虫类，那就又添了许多种，如麻雀、黄雀、乌鸦、黄鹂、喜鹊、鸽子、燕子、山姑姑、黄老妹儿、猫头鹰，等等。这些名字都是大人们随口叫出，有的名字究竟是哪几个字，谁也说不清楚。

对于故乡的各种虫类，小孩子们大都怕蛇、蝎两种，其他都不在话下，甚至以捉虫、养虫、玩虫为乐。

斗蟋蟀。这是我国民间一种古老的娱乐活动，老少皆宜，非常普遍。因为蟋蟀只在秋天生存，所以斗蟋蟀也叫“秋兴”。据文献记载，斗蟋蟀始于唐朝，历经多个朝代流传至今。早年城里斗蟋蟀活动常常与金钱挂钩，甚至有专门的“斗蟋蟀赌场”。与城里以赌博形式出现的斗蟋蟀活动不同，我儿时故乡的斗蟋蟀只是一种消遣玩乐活动：大人们田间劳作累了，中间“歇晌儿”时，随便抓几只蟋蟀，坐在地头儿斗起来，取乐又解乏；小孩子们打猪草挖野菜时发现蟋蟀顺手抓起来放进布兜，回家之前，在沟口村边把蟋蟀放出来打斗一番，不管输赢，一笑了之，最后把蟋蟀放归田野，背着青草野菜回家。

捉萤火虫。萤火虫是一种会飞、尾部能发光的小型甲虫。据史料记载，世界上有2000多种萤火虫，分水生类和陆生类两种。我故乡的萤火虫属陆生类，大多生长在池畔、农田等植被茂盛、湿度较大的地方，发黄、绿色光。我国常见的萤火虫有黑萤、姬红萤、富胸萤几种，夏秋季日落一小时后便是它们的活跃期。我国古代有许多关于萤火虫的典故。比如，晋朝车胤从小喜欢读书，因家境贫寒，为节省灯油，便捉来萤火虫藏于带眼儿的囊中，借其发出的光阅读书籍，终成大学问家，官拜吏部尚书；唐朝诗人杜牧在《秋夕》中有这样著名的诗句：“银烛秋光冷画屏，轻罗小扇扑流萤。”童年，我和玩伴们经常拿一把扫帚跑到场院上扑打萤火虫，捉来后把它们装进小玻璃瓶中玩耍。

逮蝈蝈。蝈蝈是我国三大鸣虫之一，其叫声洪亮、清脆、悦耳。我故乡田野里的蝈蝈以绿色、青黑色居多，喜吃菜叶、胡萝卜、南瓜花和田间害虫，有“庄稼卫士”之称。不论城市还是农村，人们都喜欢蝈蝈，喜欢它的灵动和叫声，连历代皇帝都喜欢养蝈蝈、玩蝈蝈。乾隆皇帝游西山时听到满山蝈蝈鸣叫，即兴赋诗形容其叫声“雅似长安铜雀噪”；末代皇帝宣统更有浓重的蝈蝈情谊，竟把蝈蝈藏于金銮宝殿的座位上。我小时候常到田野里捉蝈蝈，公蝈蝈捉回来放到房前屋后的树上，天天听它们鸣叫，母蝈蝈不会叫，捉回来放到火上烤熟了吃肉。直到今天，还能看到乡下人骑着自行车带着蝈蝈进城来卖，足见人们对蝈蝈的喜爱程度。据说，有的公司把蝈蝈作为产业，专门孵化、养殖蝈蝈出卖，每年收入不菲呢。

我故乡的百草园“兽”居第四。房山地区山地平原各半，我家属平原，离山区还有一段距离，然而也经常有野兽出没，常见的有狗獾、狐狸、野猪、兔子、狼、松鼠、田鼠、黄鼠狼等。

狼是一种野性很强、非常凶狠的野生动物，“狼子野心”“狼心狗肺”这些成语，都是形容狼狠毒习性的。冬天，狼在山中没有吃的，常到农村来吃农家的猪、羊、鸡，凡住在村边的农户没少遭狼祸害。狗獾和狐狸不仅偷吃小鸡，还糟蹋地里的庄稼和瓜果，它们和狼一样，也都遭人愤恨，常有人肩扛土枪猎之。小时候，我和玩伴们常跟着看村里的猎人打猎。

作为孩童，我们不敢与狼叫板，倒是敢和狗獾、狐狸比高下。听大人们说，狗獾和狐狸的皮毛很值钱，可做衣服，狗獾的脂肪炼成油还可治疗烫伤。每到秋季，地里的庄稼、瓜果成熟了，狗獾和狐狸总是出来找吃的，搬运到洞穴中储存起来。我和玩伴们经常结队去田野里捕捉这些野兽。它们挖的洞穴一般有两个口，一个口进，另一个口出。通常我们一组人在进口处点燃柴草，脱掉衣服往洞内扇烟，另一组人撑起口袋守在出口。洞里的狗獾、狐狸耐不住烟熏，拼命从出口逃命，结果乖乖进入我们事先准备好的口袋中。不过，我们不是每次都那么幸运，狐狸狡猾得很，一听到动静甚至闻到人味儿后，就马上逃之夭夭。印象中我们只有一次没有捕空，那次我分得了一条狐狸尾巴，把它作为玩具玩耍了好几年。

捕捉野兽最有趣、最快乐的当属雪地捉兔。每到冬天，大雪覆盖田野，野兔躲进坟茔、坡洞避寒。每到这时，我和玩伴们手拿棍棒到野外边敲打木棍边呐喊。野兔受到惊吓，从窝里跑了出来，我们发现后便拼命追赶。由于积雪很厚，兔子跑不起来，一般情况下跑不出20米便跑不动了，便只能被我们活捉。有时运气好，出去一趟能捉回两三只野兔。当然，我们也累得浑身是汗，鞋子都被雪水浸湿了。捉回来的野兔不够每人一只，没关系，分不到“果实”的等下一次，“孩子头儿”说，只要肯出力，总是有回报的。

随着人们生态意识不断增强，随着国家野生动物保护法规的不断完善，在我的家乡，早已没有狩猎这一行当了。不过，有一种动物特别能糟蹋粮食，那就是田鼠。据说每只田鼠每天可盗粮一斤多，一只雌性田鼠每年产6至8窝，每窝10至20只。因此，田鼠被视为农业的天敌，在我的家乡，捉田鼠活动至今没有停止过。

啊，故乡的百草园，丰富多彩，美丽漂亮，有趣诱人，那是我儿时的乐园。在结束这篇短文的时候，我心绪凌乱、情感复杂，禁不住想起鲁迅先生在《从百草园到三味书屋》文尾发出的哀叹——

> 这东西早已没有了吧！

童真童趣一去不复返了！惺惺相惜，我有同感……

南大坑的记忆

在我们村村南有个很大很深的水坑，大到不小于一个足球场，水深足有四五丈。这个大水坑是人工挖掘还是自然形成，我不得而知，也没听大人们说过。

早年，乡下几乎没有任何水利设施，每到夏秋雨水季节，天上大雨不断，地上沟满壕平，雨水从村北村西沿大路小沟向村里集中，最后汇入南大坑。我家房后就是一条南北大道，每年大雨过后，从北部流下来的大水咆哮着向南涌去，大人小孩儿都跑出来看热闹，时不时发现从上游冲下来的柴草、树木、瓜果，甚至还有小猫小猪。胆大的小伙子们冲向水中捡拾瓜果、木材或小猪。年年如此，南大坑里的水越积越多，最多时整个大坑满满的，甚至溢出来顺着大道流向南边的村子。冬天，大坑没有了雨水补充，再加上下渗一些，坑里的水少了许多。但是，从我记事起，南大坑始终没有干涸过。经过一个冬天，水中的泥沙沉淀，变得特别清澈，即使这样仍看不到底。进了腊月，水从表层开始结冰，随着天气一天天变冷，冰层也越来越厚，最厚时足有两尺。

就是这么一个普普通通的乡下大水坑，却是我儿时最向往的地方。它给了我和玩伴们无尽的乐趣和知识。

俗话说：女孩爱花，男孩爱炮。我加一条：男孩爱洗澡。这里说的洗澡，不是城里人说的到浴池洗澡，而是到村边田畔水坑里游野泳。随便打问一下便知，现在七十岁以上的乡下男人，有几个没在水坑里洗过澡？当年，南大坑就是我和玩伴们游野泳的好去处。

大约在我五六岁的时候，一天天气闷热，我和比我大一些的两个男孩子打猪草回来，浑身上下湿漉漉的，再加上沾了满身尘土，刺痒难耐。那位高个子男孩说："咱们去南大坑洗澡吧，洗完澡就不痒了。"因为我不会水，不敢到野坑里玩耍，不同意去南大坑洗澡。另一个男孩子说："那里每天都有人洗澡，也有像我们这么大的孩子，可热闹了，不会水不怕，有水浅的地方，你可以在水浅的地方洗。"经不住他俩劝说，我便提着盛满猪草的柳条篮子随他俩去了南大坑。

不去不知道，原来那里真的很热闹：大坑里的水满满的，虽不是很清澈，但也没有腐枝败叶，看上一眼便有清爽凉快之感。坑中间，一群大人玩得正欢：有的双臂抱在胸前，眯着眼，仰躺在水面上一动不动，像睡着了一样；有的整个身子埋在水中，只露个头在水面；还有的把头扎向水中，两脚浮在水面用力一蹬，人不见了，一会儿便出现在十几丈远处……两个大男孩告诉我，躺在水面上像睡觉的游法叫“仰望天”，学名叫“仰泳”；只露头不见身子的游法叫“立立浮”，学名叫“踩水”；脚一蹬人不见了的游法叫“扎猛子”，学名叫“潜泳”。这些游法我们都不会，不过不要紧，我们可以在边儿上浅的地方练，用不了多久，我们也会像大人一样成为“水上漂”。

南大坑西沿是一条通往南边村庄的马车道，水已漫过大道，那是浅水区，是小孩子们玩耍的区域。我随着两个大孩子走过去，脱了衣裤，试着下水了。两个大孩子毕竟大我两岁，他们和别的孩子一样，在水中嬉笑打闹，好不快活。我因为第一次下水，很害怕，不敢来回走动，只能在原地往身上撩水，尽管这样，我仍然能感到炎热夏天里的凉爽。从那以后，南大坑成了我夏秋两季天天想日日盼的地方，每到中午时分，即使没有玩伴，也要独自跑到那里打闹一阵子。

俗话说，常在河边站没有不湿鞋。南大坑年年游野泳者成群结队，终有一年夏季险些出事：村里一个不会水的小男孩不小心从浅水区滑进深水区，连喝了几口水，两手不停地拍打水面，头一上一下地浮动，幸亏被两个正在游泳的大人发现，拖上岸后头朝下反复拍打小男孩的后背，直到吐出几口水后才脱险。这事震动了全村，也惊动了村里的小学校。从那天起，村里和学校都作出规定：不论大人小孩一律不准游野泳。然而，规定管不住人们的腿，去南大坑洗澡的人仍有增无减。于是，村里不得不派两位水性好的民兵到村边值守，既当劝退游野泳人的说客，也充当安全员的职责。从那以后，虽然到南大坑洗澡的人不断，但是再也没有发生过任何险情。

一位哲人说过：意志和毅力是从必然王国迈向自由王国的“进门证”。几个夏秋过去了，我靠着意志和毅力坚持练游泳，终于掌握了踩水、仰泳、潜水等技法，可以在深水区自由游玩了。

谁能料到，童年家乡南大坑教会我的游泳本领，竟在后来的人生途中派上了用场。

20世纪60年代初，我参军入伍后不久，毛主席发出“到大江大河中经风雨见世面”的号召。他说：“游泳是同大自然斗争的运动，你们应该到大江大河中去锻炼。”全军部队积极响应毛主席的号召，把游泳训练作为军事训练的一项重要科目。我所在的部队是原北京军区炮兵某团，驻守在渤海边。借助这个得天独厚的地理条件，全团官兵有计划地到大海中练游泳。由于我有游泳基础，在选拔游泳教练时，我被选中。经在驻地洋河水库短期培训后，我很快学会了部队作战时常用的蛙泳，并在水库武装泅渡三千米考核中顺利过关，渤海轻装考核中游出八千米的好成绩，轻松拿到了部队游泳教练证书，担负起教练干部战士游泳训练的任务。

作为一名连队普通战士，能够成为基层部队的游泳教练，应该说是得益于当年家乡南大坑的野泳实践。

南大坑不仅给了我良好的水性，助力我成了一名基层部队的游泳教练，还使我萌生了“机械”的概念，认识了水中的生物物种——鱼。

严格地说，中国的农业千百年来一直没有摆脱刀耕火种、靠天吃饭的农耕方式，直到中华人民共和国成立之后，特别是农业合作化、人民公社化后，农村才普及了拖拉机、播种机、收割机等机械。在我的印象中，“机械”的概念是村里成立合作社后才有的。

1953年春，党中央作出《关于发展农业合作社的决议》。我们村和全国各地一样，积极响应党中央的号召，不到两年，基本实现了农业合作化。就在那年，家乡遇到了旱灾，地里的庄稼苗干得划根火柴就能点着。村干部研究决定，利用南大坑的水抗旱保苗。然而，组织起来的乡亲们虽然比单干力量大，但是靠肩担手抬，一天下来浇不了几分地。最后，村干部决定买一台“锅驼机”抽水抗旱。

两天后机器买回来了。那是我们村第一台“现代化的机器”，因为谁都没有见过，机器买回来往南大坑边一放，就引来不少乡亲们看热闹。其实那台“锅驼机”就是后来中学课本上讲的英国人瓦特发明的“蒸汽原动机”。随着工业革命的发展，它逐步被汽轮机和内燃机取代。蒸汽机靠烧煤把锅炉里的水烧热，当水受热后变成水蒸气，同时体积膨胀，巨大的气压推动活塞运动产生机械能，带动抽水机曲轴转动把水由低处抽到高处。

随着“锅驼机”的运转，南大坑里的水规规矩矩地流向庄稼地，一天下来，几十亩庄稼苗喝足了水，立即昂起头，在微风中哗哗作响。人们夸赞“锅驼机”，连侍弄它的“锅驼机手”也被乡亲们高看一眼，说他有本事，能玩儿转这么个庞然大物，以至连续不断有人登门为他提亲，好几个姑娘还主动向他示好。

连续几天不停抽水，本来旱得只剩下半坑的水很快就几乎见底了。这时人们发现水中不断冒气泡，还有一种小生命在水面上窜动，大一些的生命不时跳起一尺多高后又迅速落下，打得水面啪啪作响。

“鱼！坑里有鱼！”

“快拿家伙捞鱼，捞回家炖着吃，可香了！”两个年长者曾在城里跑过买卖，见过鱼也吃过鱼，看到水面这个现象后高喊。

“鱼咬人吗？怎么个捞法？”人群中有人问。

“水里的鱼好看好吃不咬人，可以用双手下水摸，也可以用网子、筛子捞！”两个见过鱼吃过鱼的长者回答。

闻听此言，乡亲们顾不得看“锅驼机”抽水抗旱了，有的跑回家去取工具，有的直接下水去摸。不一会儿，回家取工具的人们回来了，有的拿着筛粮食用的竹筛子在水中慢慢向前推，有的父子俩抻着一大块夏天钉窗户防蚊蝇用的冷布在水中捞，也有的小孩子拿着妈妈捞饺子用的笊篱在水中捞。顿时，南大坑成了人粥，你呼我叫，好不热闹。

“看，我摸到了一条大鱼！”

“瞧，我逮了一条长胡子的鱼！”

抓到的鱼，有的装进面袋里，有的放进铁盆里，没带装鱼工具的，干脆脱下裤子，把裤腰裤腿儿一扎装鱼。

坑北端有个石头坡，是雨季南大坑进水的地方，此时坡的底部只剩下尺把深的水了，一个小男孩儿突然发现那里有一条大鱼在跳动，便招呼几个伙伴过来围捕，我也跟了过去。我们六七个孩子排成一排，从里向外边移动边用手摸，那条鱼不时从你手中溜走，跳到他的手中，光滑得很，怎么也攥不住。眼看包围圈越来越小，大鱼成了瓮中之鳖。突然我的脚被什么东西撞了一下。“鱼，是鱼！”我一动不动憋了一口气，瞄准了鱼背，双手猛地摁了下去，不偏不倚，正好按住鱼的头部，待拖出水面一看，是一条一尺多长金光闪闪的大鱼，岸上和水中的人们都惊呆了。

太阳快落山了，人们纷纷带着自己的收获上岸，在平地上比谁抓的大、收获多。那两位长者分别给大家介绍鱼的品种。他俩说，乡亲们今天从南大坑里捕获的鱼共有八种，分别是鲫鱼、鲤鱼、鲶鱼、鲢鱼、白条、麦穗、穿钉、趴虎等。他俩告诉大家，鲤鱼、鲫鱼、鲶鱼、鲢鱼开膛破肚取出内脏去掉鱼鳃后可红烧，其他小鱼可干炸，又鲜又香，大家尽情享用吧！

那天晚上，全村几乎家家飘出鱼肉香……

南大坑在我思想深处播下了“机械”的概念种子，启蒙了我对农业现代化的初步认知，教会了我关于鱼的知识，帮我扫除了“鱼盲”。它告诉我，生活是知识的源泉，生产实践是获取知识的最佳路径。从此，我爱上了科学，以至到部队后潜心搞一些训练器材方面的发明创造，为此多次受到上级嘉奖；从此，我喜欢上了鱼，一直到如今进入耄耋之年，仍然乐此不疲喜欢看打渔、爱钓鱼。

家乡的南大坑，给我知识多多，让我记忆满满。遗憾的是，随着历年城乡水利建设发展，家乡村前村后再不见雨水横流，南大坑也失去了存在的意义。如今，那里早已被填平，盖起了一座座民房。也许，民房中享受现代生活的老人们，依稀记得脚下当年游野泳、看“锅驼机”抽水抗旱、下水摸鱼的情景吧……

走会

“走会”，《辞海》解释为旧时迎神赛会，是扮演鬼神或戏文角色边走边演的文艺形式。老舍先生在《四世同堂》的戏文里称《朝敬神》，给人“当玩意儿看”。北京亦称香会、花会，年节或喜庆大典以及山坛庙会时举办。走会种类很多，常见的有秧歌、旱船、中幡、高跷、大鼓、小车、杠箱、耍狮子、太平鼓等。我的故乡算是个大村，有旱船会、小车会、高跷会和叉会四道会，每年春节、元宵节、中秋节等主要传统节日，都要集中走会，一连几天，满街人山人海，好不热闹。

旱船会是一个比较简单又不需要硬功夫的会种，只需用竹篾扎成一船形，用彩布围起，一俊俏女子穿花衣彩裤、脚蹬彩鞋，扮成旦角儿立于船中，将船钩在腰间；另一丑角儿身背鱼篓在船旁做摇橹状，二人边走边表演，配合默契，既可相互照应，也可互相挑逗，忽而含情脉脉，忽而怒气冲天。其动作可按套路进行，如“龙摆尾”“穿小桥”“闯瀑布”等；也可触景生情，现场发挥，全凭表演者的创意和反应。旱船可多条或一条，根据村里表演人才多少而定。

旱船会很受大人小孩欢迎，每次走会，人们都追着看男女角儿煽情挑逗的情景。扮演船中的女旦角儿的人名叫二蛋，男扮女装，是村里的会计，天生“奶油小生”，扮上妆更是俊气超人，人们都说比他媳妇还漂亮。就为这句话，他媳妇从来不看他演出。那个扮演摇船的是一个生产队长，不讲究容貌，甚至故意把自己画成“三花脸”，表演时装成又笨又拙的半憨子，引人哄堂大笑。他说，过年过节走旱船就是图个乐子，只要乡亲们开心，我不怕丢丑。他媳妇反对他演这个角色，但阻止不了，所以每次演出她也从不去看。

小车会和旱船会差不多，只不过道具是车不是船。车是用竹篾扎成长方形的框架，外面罩上彩布，两侧画上车轮，车上搭一凉棚，车后有两个木把，车内有一俊俏女子将车钩在腰间，腰前装一双盘膝假腿，车最后方有一人扮车夫，手扶车把做向前推的姿势。车最前方有一人头围彩巾，一根布绳搭于肩上做拉车状。表演套路与旱船相似，唱词更丰富有趣，拉车、坐车、推车三人配合，一人一句唱词，第四句合唱。唱词内容多为触景生情，现编现唱。也有固定的传统词牌，比如京剧《小放牛》唱词：

赵州桥什么人修，玉石栏杆什么人留，什么人骑驴桥上过，什么人推车轧了一道沟；

天上蟠桃什么人栽，地上黄河什么人开，什么人把守三关口，什么人出家没有回来……

三人边唱边表演，动中有静，静中有声，相推相倾，相簇相拥，十分活泼可爱，观看者时而尾随同吟，时而鼓掌叫好。

叉会是我们村压箱底的保留节目。参加此会的人最多，足有三四十人，都是村里身强力壮的壮劳力，年纪小的二十几岁，最长者五十有余。这道会玩的是真功夫、硬本领。

叉，也叫花叉、云叉或飞叉，在一根六尺长、比擀面杖粗的原木顶端安三尺铁片刀，刀柄与原木连接处装上圆形的活动铁片，抖动叉时铁片发出哗哗响声。原木只有一端装三尺铁片刀的叫单头叉，两端都装的叫双头叉。

花叉是古代兵器之一，也做宫廷娱乐仪式工具。早年多为武士操练耍叉，表演叉技，后来传入民间，成为大众喜闻乐见的杂技表演节目。声名远播的当属河北文安苏桥飞叉会，规模大、活动多、套路全、功夫硬，据说是清同治年间山西人张玉春所传。

叉会的套路很多，什么“旱地拔葱”“怀中抱月”“小鬼推磨”“苏秦背剑”“空中飞叉”“就地十八滚”，等等，套套见真功，招招真本领。拿“怀中抱月”来说，表演者把飞转的双头叉抛向空中，然后左手叉腰，右臂伸出去接住从空中落下的飞叉，借用惯性使飞叉竖立在右臂环中，随着右臂顺时针转动，飞叉在臂环中旋转不停，叉头铁片随着转动哗哗作响，功夫越深，飞叉在臂环中旋转时间越长。资深的表演者技高一筹，竟坐在高凳上伸出一条腿接飞叉，使飞叉在腿环处旋转，动作新颖，功夫高深，观看者惊叹不已，掌声震天。

高跷会是我们村又一出名的传统节目。

所谓高跷，就是在木棍上打一眼，在眼上横着安一个十厘米长的小木棍，表演者把两条腿分别绑在两根木棍上，脚踩横着的小木棍，整根木棍足有一人高，表演者均勾花脸着戏衣，有的还戴面具。每个人都有道具，有的手拿花棒、花篮、羽扇，有的肩背草帽、鱼篓、花鼓，走起来有时随心所欲，自选动作，但大都按套路表演。走高跷的套路也很多，如“单腿跳”“过高凳”“走板桥”“叠罗汉”“大摔叉”等。经过多年苦练，表演者把每个套路都练得炉火纯青。我们村东山门外有个很长很陡的石头坡，夏天满街雨水就是从这里流向南大坑的。为防止冲刷，整个土坡都被村里砌上大块儿石头，多年水冲人走，每块石头都光滑明亮。走高跷会大都在春节和元宵节举办，天寒地冻，满坡冰雪，不要说登高跷上，就是穿鞋走在上面都会三步一滑五步一跌。表演者专门在这里设点，每走到这里，队伍就停下，一个人一个人过坡，有的还上下反复走几遍。看，刘家后生拴子在这里表演“单腿跳”，只见他目视前方，深吸一口气，猛地腾空飞起，如鱼跃龙门，瞬间稳稳落在一块大石头上，观看者掌声震天；瞧，李家汉子金升表演“大摔叉”，只见他纵身一跃，双跷随之平展，如飞燕亮翅，又迅速从一米多高的上空稳稳落地，观看者呼声四起……

走高跷是个技术活，更是个体力活、危险活，一个套路下来，表演者浑身是汗。为了保存和补充他们的体力，村里规定在主要街道和表演点设休息站，摆上桌凳，由村民自愿拿出茶水、点心、花生、瓜子，供表演者到了这里休息时享用。因为是义务表演，大家又都喜闻乐见，所以乡亲们都愿意为此做些贡献，有的甚至把煤炉子搬到休息点，一方面为表演者烧水沏茶，一方面让表演者暖暖身子。还有的把二锅头酒瓶提来，让表演者抽空喝两口祛祛寒气。

那时候农村没有什么文艺活动，除了业余剧团逢年过节唱两天戏，就靠这几道会娱乐生活，所以走会最受乡亲们喜爱和欢迎。

叉会玩的是真刀真枪，孩子大人都爱看，但不敢靠近，生怕被飞舞的片刀伤着碰着。有一年春节走叉会，一个13岁的男孩闯进叉会表演队伍中，被旋转的三齿片刀把棉袄削出一个尺把长的大口子。

相比之下，旱船会比较文，孩子们敢于靠前看，有的小孩子甚至钻进“船”里逗女旦角玩儿，那个摇橹的小哥像是吃了“醋”，用手指蘸一下自己脸上的油彩，抹在小孩子的脸上，小孩子也成了“三花脸”，逗得围观的人们哈哈大笑。

当年，像我那么大的男孩子最喜欢模仿走高跷。我们找来和身高差不多长的两根木棍，在一端一尺处砍个槽，在槽处绑根筷子长的木橛，玩儿时两手紧握木棍上端，先上一只脚踩着木橛，再上另一只脚踩另一根木棍上的木橛，然后像走路一样迈步，迈哪条腿哪只手向上提木棍，这样反复练习，也能像高跷演员那样行走自如，只是不能像他们那样做套路。玩走高跷是有危险的，一般家长不让孩子玩这个。有个叫刘三儿的孩子，就是玩这个摔断了右臂，半年多才好利落，从此再没见他玩走高跷。我们几个走得好的男孩子组成一个少年队，每次村里走高跷会时，我们都跟在队伍后面玩自己的高跷。大人们说，看这帮孩子们玩得真不错，不愁我们村的高跷会后继无人哪！

走会，一种农耕时代的文化现象；

走会，乡野俗民聪明智慧的结晶；

走会，使早年混沌呆滞的农村有了生命，让旧时愚昧无知的农人有了灵气。

啊，走会——印在一代人心底的乡愁！

打麻雀

如今，每到冬季，无论城市或乡村，都能看到人们在白雪皑皑的地上或石头上扫出一片地方，撒上一两把小米或玉米碴，有的甚至把哄孩子用的水果、小吃摆上去，旁边还放上一碗温水，供饥饿的麻雀前来觅食饮用。这些举动充分表达了人们对小麻雀的怜悯之心。然而，如今的年轻人哪里知道，麻雀这个终日叽叽喳喳叫个不停的小生灵，当年曾作为“四害”（麻雀、老鼠、蚊子、苍蝇）之一,一度成为“人人喊打”的对象。

麻雀，俗称家雀儿、老家贼，体长十厘米左右，全身棕黑色，脸颊白色间有黑斑。嘴呈圆锥形，短粗而强壮，双翅短圆，不善远飞，鸣声喧杂，多在有人居住的地方，如城镇、乡村、河谷、草坡、房前屋后或路边树上活动。胆大易近人，多筑巢于屋檐、墙洞、树穴中。喜群居、杂食。一年四季成群活动，冬季早春食杂草种子和人类丢弃的食物，夏秋季以禾本科果食充饥，育雏时以昆虫为主。麻雀是中国常见、分布最广的小型鸟类，广布于我国全境。据说，全世界有麻雀27种，其中5种分布在我国境内，树麻雀就是我们常说常见的麻雀。

由于麻雀一生大部分时间偷吃田野里的粮食，严重破坏农业生产，坊间有“麻雀叽喳，祸害庄稼，一起一落，损粮许多”的说法，所以中华人民共和国成立初期，国家把它列为“四害”之一。1955年11月，毛主席在《农业十条》中第一次提出“除四害”。1956年1月12日，《人民日报》发表了社论《除四害》，指出“估计全国每年被老鼠吃掉的粮食约三亿五千万斤”“全国被麻雀吃掉的粮食不比老鼠吃掉的少”。自此，在全国范围内掀起了一场轰轰烈烈的打麻雀运动。据当时报载，全国各省、直辖市、自治区都成立了打麻雀领导小组，设立了打麻雀指挥部，制定了灭雀指标，每个县、乡、村甚至每个家庭也都制定了灭雀指标。

为了配合打麻雀运动，文艺界深入基层体验生活，创作有关打麻雀的小品、相声、歌曲等文娱节目。当时有一首“打麻雀”歌曾传遍全国，歌词是这样写的：

麻雀麻雀你往哪里逃，天罗地网已安排好。

轰毒打掏办法多呀，定要你断子绝孙把户口销。

英雄人民说到做到，除尽麻雀把粮食保。

男女老少齐动员呀，一定把害人的麻雀消灭掉。

在那场运动中，各家新闻媒体更是积极跟进，纷纷下基层采访，发现并报道打麻雀运动中的先进单位、先进个人。1958年4月底的一天《人民日报》曾刊载：“从4月19日到21日，北京市300万人连续突击三天，消灭麻雀40余万只”，“以每只麻雀连吃带糟蹋的粮食按每年5斤计算，可节约粮食200万斤。又按每年每对麻雀繁殖15只计算，可节约1500多万斤粮食。”报纸上还介绍，上海郊区要求每个青年在打麻雀突击周中，要抓10只麻雀，全郊区要向消灭50万只麻雀的目标进军。至于全国涌现出的打麻雀先进个人就更多了，可谓数不胜数。甘肃省有一张姓盲人青年，凭借听声音用弹弓打麻雀，竟百发百中，成为打麻雀运动中的奇人异士，在当时的报纸上广为宣传，几乎家喻户晓。

那时我年纪还小，记得最清楚的是跟着孩子们掏麻雀窝。我大都在下面打手电，大孩子蹬着梯子用手掏，每次都有收获。

除了跟着大孩子晚上掏麻雀窝，白天我还用“筛扣法”捉麻雀。那时我家养了一头种地用的小毛驴。为了给毛驴筛草，父亲买了一个直径两尺多的圆形筛子。我用筛扣法捉了许多麻雀，在学校评比中，我每周都被评为捉麻雀先进分子。

对于我们小孩子来说，当时并不清楚打麻雀运动是怎么搞起来的，也不知道捕杀麻雀对生态环境造成的巨大危害，只觉得好玩，所以都积极投入这项运动中。当然，还有为达到吃肉解馋的目的。那时我们掏了麻雀蛋，用铁勺在火上煮，煮熟了吃。掏了大麻雀或筛扣了大麻雀，就用黄泥把麻雀包起来，放到灶膛里烧，就像今天有一种“叫花子鸡”的做法。不过我们灶烧麻雀不用作料，干烧，烧熟后把泥巴磕掉，雀毛粘在泥巴上也一起去掉了，然后去掉五脏，你一块我一块地扯着吃了，有时从家里带一些盐撒在上面吃。那时家家户户都不富裕，一年到头吃不上肉，小孩子能吃上麻雀肉，同样感到特别幸福。

世路有屈曲，福祸相伴生。打麻雀运动造就了一批先进单位和先进个人，也带来了一些负面效应，出了一些伤人事故，引起了一些纷争和官司。

村里有个刘姓少年，生得高大魁梧，生性胆大刚烈，15岁身高一米八，体重一百六十斤。他事事都叫板，敢喊“看我的”，成了我们那一片的“孩子王”。在这场打麻雀运动中，刘姓孩子王“得陇望蜀”，处处争强好胜，出尽风头。

这天晚上，刘姓孩子王又带一群孩童沿各家各户房檐掏麻雀。在一家房檐下，他把梯子架好，吩咐一孟姓小孩儿打手电，其余小孩儿们在一旁等待接收“战利品”。只见刘姓孩子王一手扶着砖墙，另一只手伸进麻雀窝去摸。摸着摸着，只觉得有一团凉凉的东西在蠕动，心想今日刚投入战斗就有如此收获，甚是兴奋。不一会儿，他又觉得不对，一只麻雀似乎被什么东西缠着。他取出一看，不好，是蛇，是条正在吞麻雀的二尺多长的大蛇！听刘姓孩子王一声喊，孟姓小孩儿吓得把手电往地上一扔，跑了。惊恐中的刘姓孩子王一只脚踏空，从梯子上滚落下来，只听“咔吧”一声，右腿骨折了。

躺在医院里的刘姓孩子王像什么事儿也没发生一样，对前去看望他的孩子们说：“不疼，也没肿，大夫给糊上石膏了，过几天就好了，我们还去掏麻雀。”

刘姓孩子王的爹想得可没这么简单。他找上当时打手电的孟姓小孩儿家和扶梯子的另外两名小孩儿家说：“我就这么一棵独苗，如今腿摔断了，你们要赔钱为我儿子治病。倘若将来干不了重体力活，你们还要给我和他妈养老钱。”

打手电小孩儿和扶梯子小孩儿的家长坚决不答应：是你家孩子拉我家孩子掏麻雀窝的，你孩子出事是自找的，与我们无关，难道下河洗澡被淹死怪在岸上为他看衣服鞋子的不成？

双方争执不下，闹到村政府。村长怕影响打麻雀任务完成，为了安定民心，村上先垫支了刘姓孩子王的看病住院钱，至于此钱最终由谁掏，待运动后期再商议。

无独有偶，邻村发生了一桩死人事件，引起了周围几个村子不小的轰动：两个十岁男孩儿吃了六只刚刚用弹弓打死的麻雀肉，晚上两人同时觉得肚子疼，而且疼得越来越厉害。到了医院经医生化验检查，认定是食物中毒。双方家长仔细回想晚饭食材，没发现有什么毒性。经询问，两个孩子坦白吃了麻雀肉。然而为时已晚，还没等解毒药发挥作用，两个孩子便离开了人世。

打麻雀死了人，县、乡两级公安人员来村里调查。两个孩子的家长说，村里有十几户用毒药毒麻雀，孩子是吃了中毒的毒麻雀，这十几户要赔我们儿子。用药毒麻雀的十几户主人说，这个办法是群众创造经上级认可并推广的，你家孩子被毒死，不是我们的责任。再说，麻雀满天飞，兴许是别村的毒麻雀飞过，被你家孩子打下来吃了呢，怎么找我们算账。

调查人员经过详细调查，广泛听取村民意见，认为用药物毒麻雀是县里推广的打麻雀方法之一，运动初期就反复强调不要在此期间吃麻雀肉，防止中毒。两个孩子偷吃麻雀肉，孩子家长应负主要责任，而村里宣传不到位，也有一定责任。最终，经报上级批准，县、乡、村拿出部分资金作为对两家一定的经济补偿。与此同时发出通报：继续开展打麻雀群众运动，严禁食用死麻雀肉。

打麻雀带来的负面影响，还有对农业生产和自然生态的严重破坏。生物学家研究表明，孕期和育雏期的麻雀主要食昆虫，这要占麻雀一生所吃食物的20%。虽然麻雀吃掉了大批粮食，但它食用昆虫对庄稼的保护作用也不可低估。据有关部门统计，打麻雀运动持续了一年多，全国两亿只麻雀被杀死，数十亿只麻雀非正常死亡，从此病虫害泛滥，庄稼大面积死亡，粮食大减产。特别是水稻，出现了中华人民共和国成立以来产量最低的情况。

毛主席后来听取了科学家的意见，又指示“麻雀不要打了”。1960年3月15日，在华东六省一市第一书记会议上，毛主席正式提出“麻雀可以赦免，用臭虫代替，四害是老鼠、苍蝇、蚊子、臭虫”。从此，麻雀转身成了益鸟。为了消灭毁坏庄稼的害虫，国家还不得不从国外购进一些麻雀。2000年8月1日发布的《国家保护的有益的或者有重要经济、科学研究价值的陆生野生动物名录》中，麻雀破例被列入保护名单里。

命运多舛的小麻雀，你的命运沉浮告诉人们：大自然有它自身的规律，有它平衡的原则，任何一个种下的“因”，在短期或长远的未来，都会结出一个“果”来。让我们尊重自然、相信科学、敬畏生命、爱护地球吧！

考把式

"把式"一词，《辞源》解释为：老手，行家，精于某种技艺的人。早年社会上的"把式"遍布各行各业，诸如武把式、文把式、商把式、田把式，等等。就农村而言，"田把式"为其总称，均为种田的行家里手，可细分为车把式、瓜把式、棉把式、烟把式等。

所谓"考把式"，就是不定期把种田人组织起来，进行理论和实践考试，交流农人相关的种地知识和经验，通过老把式现场点评，借以提高参考人的农技水平，从而培养种田人才，在传承农耕文化、农业文明、农田技术的同时，把地种好，多打粮食支援国家经济建设。

从1953年起，我国开始了全国第一个五年计划。到1955年底，全国一亿一千万农民中，60%以上的农户响应中央号召，加入了农业生产合作社。

我的故乡响应号召，在迅速实行农业合作化的基础上，千方百计发展生产，其中一个重要举措就是“考把式”。应该说，“考把式”活动在当时那个特定的形势下，称得上是我的故乡的一种发明创造，曾风靡一时，当地报纸、电台曾滚动式介绍，远近村庄的人络绎不绝前来学习取经。

考把式分为理论考和实践考两种。理论考就是把选手集中起来，由村里的老把式出农田方面的知识题，选手们书面解答或口头解答，老把式对解答回答情况进行点评划分；实践考就是针对一项农事活动，把选手拉到田间、地头、场院进行实际操作考核。其中几项有影响的实践考试是——

考秋耕

大秋作物玉米、谷子、高粱等收割完毕后，田野一片空旷。十只犁杖并排摆在田头，每只犁杖相隔两丈余，十名参考人员按抽签序号分别立于犁杖后，一手扶犁，一手握鞭，待主考官一声“开始”令下，十名参考人甩开长鞭，拉犁牲畜放开四蹄用力前奔，身后过处，一垄表土翻了个儿，黑油油、湿乎乎的新土裸露出来，散发着一股清香。十名选手虽同时起步，但是由于掌握犁杖的能力水平不同，身后翻过的土壤有所区别，进度也有所不同。待六个来回全部结束后，主考官果断叫停。此时再看，选手们到达终点的时间参差不齐，最先到达终点和最后到达终点的相差半个小时之多。原因多种，一是犁地深浅不一，深者速度自然慢；二是每次到达地头向回拐时，有的动作拖泥带水，有的干脆利落；三是扶犁与甩鞭动作配合不协调，有时只顾扶犁忘记甩鞭。

五名“老把式”作为评判老师，不仅跟随参考人员来回跑了六趟，而且认真检查了十名参考人员扶犁姿势、犁过土地样式，最终给予了综合点评：秋耕是对土壤的全面作业，目的是减少地表径流，保墒蓄水，暄墒防旱，提高肥力，消除杂草，减少病虫发生。正如杜甫诗曰“秋耕厚地湿，山雨近甚匀”。农谚说“秋播地耕好，光长庄稼不长草”。从十名参考者的实地秋耕操作看，功夫还欠缺，主要是，从翻过的土壤看，上不暄下不实，有跑风透气之嫌；表层杂草未完全翻入底下，还有裸露在外的状况；地头地脑还有生地存在，有横不到边纵不到头的现象。究其原因，是基本功不扎实，随意性强，深浅度掌握不准。北魏时期杰出的农学家贾思勰在《齐民要术·耕田》中就明确“秋耕欲深”。那么多深为宜？根据我们北方农村的实际情况和多年的摸索，以18至25厘米深为宜。如何达到这个深度呢？唯凭经验调整犁铧，犁铧尖向上抬，预示犁田浅；犁铧尖向下压，预示犁田深。选手们上来就开犁，没有一个人调整犁铧，所以犁出的田垄普遍比较浅。这种耕作只适合春耕，不适合秋耕。

经过评委老师无记名投票，最终三名选手被评为“基本达标”，另七名选手离田把式标准还相差甚远。

考夏锄

眼前是一片长势旺盛、墨绿发亮的玉米大田，十名壮小伙手握锄头一字排开，准备接受村干部和老一辈田把式的夏锄考试。

夏锄主要是锄玉米、谷子、豆子之类，今天的考试主要是锄玉米。这是一项重要的农事活动，夏锄好坏，直接影响庄稼的长势和收成。夏锄是农事中最辛苦、最重要、最讲技术的体力和脑力并用的农事活动。夏锄时节正是最热的季节，“赤日炎炎似火烧，野田禾稻半枯焦”。夏锄的人们每天凌晨3点多就下地了，干了一个多小时太阳才刚刚跃出地平线，发出耀眼的光芒。随着太阳不断升高，田野里的温度也逐渐升高，汗水从夏锄人的额头上不住地往下淌，不一会儿全身的衣服就湿透了。

夏锄的人们大多穿长袖长裤长腰鞋，也有的赤裸着上身光着脚，不过这要有坚强的忍痛精神，因为齐腰高甚至高过头的玉米叶子打在身上和脸上很疼，时不时还会划出一道道血口子，汗渍一浸，钻心似的疼痛，一般人是忍不住的。为此，夏锄人都头戴草帽遮太阳、腰间系一羊肚手巾随时擦汗。

巧手还需好家什。夏锄用的锄头很重要，一般情况下都是专锄专用。锄地人爱锄如命，闲歇时哪怕不喝水，也忘不了用石头磨自己的锄板，使之永远保持锋利锃亮，入土顺当，锄到草断。有的还不断用细砂纸打磨锄把儿，甚至涂上清油。还有的请刻字师傅在锄把儿上刻上“战地黄花”“遍地英雄”之类的字迹。有个小伙子竟然在自己的锄把儿上刻上“状元锄”，中间系一条红布，不用时挂在家里正房的房檐下，用时把红布条解开，系在自己头上，扛起锄头就下地。不知底细的人还以为他是村里的“锄霸”呢。

在今天锄玉米的考核现场，十名小伙子各显神通。由于他们父辈的种田技术有高有低，基因的影响决定了他们种田的基本功也参差不齐。你看，考核“开始”令刚下达十分钟，参考者的差距就拉开了。那两个叫孙二和李三的小伙子与众不同，别人面向前方连迈两步同时扔锄，然后向后拉锄同时后退一步，这样“两进一退”重复进行，身后的玉米垄土松草除，留下一行有规律的脚印。而孙二、李三却别出心裁，锄地与别人方向相反，倒退着走，锄头不离地，双手握着锄头向后拉。他俩的速度最快，一垄地别人还没锄一半，他俩就已经到地头了。这种锄地方法叫“倒拽沟”，不失为一种新型锄地法，不知是谁发明的。这种技术不易掌握，因为这样锄地没有喘息时间，一口气要锄一垄地，一般人的体力支撑不住。

两个小时过去了，组织者吹响了结束考核的哨子。大家集中在地头听“监考老师”——村里的老把式点评。老把式们首先肯定了小伙子们热爱农事、不怕吃苦的精神，特别指出近年来出现的“倒拽沟”锄地法是个创新。这种锄地法速度快，深浅稳定、一致，没有脚踩印迹，从而保墒通气。问题有二：一是苗与苗中间的杂草未除掉，如先空手拔掉苗间的草，再“倒拽沟”锄地是否可解决这一问题；二是倒退走得不直，偶尔有踩苗现象，需要在掌握平衡上下功夫。另外，参考选手有三个共性问题：一是杂草锄得不够干净，二是有伤苗现象，三是落锄深浅还不够匀称。这些问题都是夏锄的致命问题，直接影响庄稼的长势，希望今后加以解决。

考扬场

扛场、晒场、翻场、轧场、扬场，是小麦进入打麦场前后几个不可或缺的程序，而每道程序既需要体力更需要技术。其中“扬场”是几道程序中“含金量”最高的一道工序。因此，村里在一年一度的考把式活动中，突出考“扬场”这道工序。

看，在偌大的打麦场上，刚刚轧完场的新收小麦堆成一座金山，虽挑去了表层上的麦秸秆，但混在麦粒中的碎麦秸和麦余子（麦粒外包裹着一层糠皮）仍很多，必须把它们扬出去，剩下干干净净的纯小麦入库。按照指挥部的指示，每个参赛选手必须扬完2000斤新小麦，然后按完成时间和质量评出名次。

考核前，组织者宣读了几条规定：组委会准备了脱粒后的小麦一堆、簸箕十个、木锨十只、扫把十把、口袋十条，选手各选其一；自带供锨人、扫麦余子人各一名；自选扬场位置，扬完2000斤小麦后及时报告“完毕”。

随着主考官一声令下，一场激烈的战斗打响了：打麦场上，十名选手、二十名助手分别拿起自选的工具奔向打麦场，先是用口袋装小麦，然后运到自选的扬场地，待2000斤小麦运完后开始进行正式科目——扬场。但见：选手们不紧不慢，把簸箕中的小麦粒高高扬起，小麦粒在空中从远到近、从高到低迅速分散开来，似一条金色的飘带互相追逐着落在地上。与此同时，一股股碎麦秸、麦糠随着微风向后方飘飞出去。

十名扬场选手中的两名女选手非常抢眼，其中一名是高中毕业回乡务农的春花姑娘，另一名是刘春家刚过门半年的儿媳妇腊梅。你看，握木锨的助手有节奏地把一锨锨小麦粒倒入选手递过来的簸箕中，选手顺势将小麦向空中一扬，小麦粒和各种杂质借助风势在空中迅速分离，落到它们该落的地方。其间，头戴草帽的另一助手时不时地清扫慢慢隆起的小麦堆上的麦余子等杂物，动作同样娴熟、利落、精准，观看者不时报以热烈的掌声。

待每名选手将2000斤脱粒小麦扬完后，主考官带领监考老把式从位置选择、麦堆形态、洁净程度、整体协调性、用时长短五个方面对选手进行点评和排序。最终，刘春家的新媳妇儿成为翘楚。她的优点是：选择风向正确，既没有正对风向，也没有倾斜太多，角度适宜，这样既能保证把脱粒小麦扬净，又可免受被风刮回来的麦糠影响；再有就是与两名助手配合默契，供锨者快慢恰到好处，节奏感极强，而扫麦余子的助手则瞅准空中小麦粒落地一瞬间，冲进去清扫蒙在隆起的小麦堆上的麦余子，既清扫了麦余子，又防止选手扬出的小麦粒下落时顺着脖子钻进衣服内。其实，腊梅在娘家时就是个泼辣姑娘，十三四岁就开始跟着爹在田里摸爬滚打，掌握了大量的农田基本知识和技能，是村里有名的“准田把式”。这样的女人在此次扬场科目考核中名列前茅也就不足为奇了。

识才选材，所宝唯贤，实乃一个单位、一名领导的智慧、韬略和胆识。考把式，我的故乡培养举荐农田匠人的一种创造；考把式，考出了故乡年轻人对农村的热爱、对农业的热情、对农技的热衷；考把式，使几千年来的农耕文化、农业文明在我的故乡有了新一代继承者、传承人……

打谷场上听故事

在中华民族丰富多彩的传统文化知识宝库中，极具恒久价值的优秀品种当属世世代代口口相传的民间故事。毫不夸张地说，我的童年和少年时期就是听着各种各样的民间故事度过的。

我家南墙外是个打谷场，打谷场南是同族一远房大伯家。这个大伯在王姓家族同辈中年龄最长，我孩童时，他已近耄耋之年。据说，他早年念过私塾，聪明智慧，读书甚多，记忆力极强，胸中掌握着无数活色生香的民间故事。每当麦收秋收时节，大伯都要把家族中我们一般大小的孩童招呼到一起，坐在这个打谷场的麦垛谷垛上听他讲故事。他老人家不仅记忆力强，口才也好，讲起故事来不仅有头有尾，朗朗上口，还抑扬顿挫、手势助之。讲到动情处，老人家还眯起双眼，从鼻孔中哼出一些调调来，就像学堂里老先生摇头晃脑念课文一般。讲故事的人如此入情，听故事的我们更是如痴如醉。有的瞪圆了双眼一动不动地听，有的用双手托住下巴目不转睛地听，也有的时不时提一些稀奇古怪的问题，摇着老人的胳膊让他回答，还有的听到惊险处，吓得往老人怀里扎。总之，大家都爱听大伯讲故事，几乎每天晚上都听到大半夜才回家睡觉。

大伯讲的故事种类很多，有中国的也有外国的，有古代的也有现代的，有传统的也有神话的，有民俗的也有高雅的，有长的也有短的，有独立的也有系列的。不论哪种故事，都是正面的积极的，都承载着人们对宇宙万物的美妙想象，昭示着人们从必然王国向自由王国挺进的强烈愿望，体现着人们灵魂深处的真、善、美。

比如，他讲“门神”的故事时说，春节时老百姓家家户户贴的门神本是兄弟俩，一个叫神荼，一个叫郁垒，住在大山里，山中有棵大桃树，树冠如盖，遮天蔽日，每天早上他俩都在树下值班站岗检阅鬼魂，如有恶鬼祸害人间百姓，便将它绑了拿下喂老虎。兄弟俩的义举受到人间百姓欢迎，纷纷给予热赞。后来人们在两块桃木板上画上神荼、郁垒的头像，分别贴在门的两边用来驱鬼辟邪。这就是春节百姓贴门神的由来。老人告诉我们，这是个神话故事，但是神话不神，寄予了人们祈福平安祥瑞的美好愿望。

再比如，他讲“寒食节来历”的故事时说，春秋时代，晋国公子重耳逃亡在外，生活艰难，食不饱肚。他的随从没有丢弃他，不仅忠心耿耿地保护他，还热情地照顾他的衣食起居。其中有个随从叫介子推，不忍心看主子受苦受难、忍饥挨饿，忍痛从自己腿上割下一块肉与野菜煮在一起给主子吃。重耳听说后万分感动。不久，重耳回到晋国做了国君后，大举封赏追随他流亡在外的众随从。介子推却拒绝晋文公的封赏，认为照顾主子是应该的，于是带着母亲隐居绵山，不肯出山接封纳赏。如何让他下山出来接受封赏呢？晋文公一时无计可施。后来他忽然想起介子推最孝顺他的母亲，于是便放火烧山，想他见到大火一定会带着母亲逃出来。谁知介子推仍不肯出山，最后和母亲一起被烧死在山中。为了纪念这位忠诚不阿的介子推，晋文公下令每年这个时候家家禁止生火，全天吃生冷食物。人们敬仰介子推，在今山西灵石县境内的张嵩村建了一座圣王庙，种了母子柏，立了母子碑。这个民间故事引领人们忠诚向善、无私无畏。

还比如，他讲“鲁班造桥”的故事时说，河北省赵县境内的蛟河夏季经常泛滥，常冲毁百姓房屋和农田。隋朝有个叫李春的工匠，精心在河上设计建造了一座石桥，桥长50多米，横跨在37米宽的河面上。大桥洞两边还各有两个小拱形桥洞。桥面两侧装有石栏，石栏上雕刻着姿态各异的飞龙图案，精美灵动，栩栩如生。平时河水从大桥洞流过，发洪水时四个小桥洞也同时流水。这样设计既减轻了流水的冲击力，保护了桥身，又减轻了桥身重量，节省了石料，堪称世界造桥史上的一个创造。

大伯讲故事有个特点：不是就故事讲故事，而是还加上自己的体会和认识。每当一个故事讲完后，他都要向我们提出许多问题让我们回答。比如：这个故事说明了什么道理？你们碰到这样的事该怎么办？那时我们都还小，只觉得大伯讲的故事好听，却悟不出什么道理。还好，大伯不是逼着我们回答问题。他见没人举手回答，便把结论和体会直接告诉我们。比如，他讲完《田螺姑娘》的故事后，明确告诉我们：一个人要勤劳、勤奋，要立志、施志，要心宽、心善，要知恩、报恩，这样的人才能受到尊重、获得真爱、得到幸福。同时，要知足常乐，要适可而止，不能私欲过胜、贪得无厌。田螺姑娘把螺壳留给了那个青年，自己回到天上，从此螺壳里粮食不断、取之不竭。但是，小伙子没有自己享用，而是接济更多的百姓。这种无私、善良的品质是值得我们学习的。再比如，他讲完《小偷与他的母亲》的故事后，语重心长地对我们说，这个故事告诉我们两点：一是好习惯、好品质要从小养成，从记事起就要学会自我约束自己、严格要求自己，千万不可自己娇惯自己、自己放松自己。犯了错误要肯于承认、坚决改正，那种“大错不犯小错不断”的自我放松、放纵思想要不得。二是好习惯、好品质还需要父母帮助教育。《三字经》里讲“子不教，父之过”，说明子女的教育离不开父母的帮助。小孩子不要怪罪和记恨父母的严管教严要求，长大了就知道受益的是自己。还比如，他讲完《农夫与蛇》《东郭先生和狼》的故事后，鲜明地指出：人类社会是复杂的，既有和平也有斗争，既有好人也有坏人。我们看人看事也要复杂些、全面些，不要想当然看人，不要故步自封看事，不要相信坏人的“好话”，不要相信骗子的“承诺”，否则，吃亏的、受害的还是我们自己。同时，要相信“善有善报、恶有恶报”的道理，一切“言不善、行不端”的人可能会得意一时，但最终会遭到报应。有一句谚语说得好，“得到报应的是制造报应的本身”，人在做天在看。我们生活在社会中，要多善言勤善事，千万不可生恶意做恶事。

生动有趣的故事印刻在我们的脑海里，天长日久，潜移默化，伴随着我们一天天长大。故事中的那些哲理使我们脑洞大开，那些进步思想帮我们净化心灵，那些英雄形象让我们学有榜样。学龄前，我试着帮母亲做家务，随父亲到田里干活。入学后，遵守学校纪律，不迟到不早退，团结同学，努力读书，积极参加集体活动。学校里搞“接力夜广播”，组织腰鼓队、铜号队、霸王鞭队，组织宣传组深入农户宣传互助组、合作社，我们都争先恐后报名参加，许多家庭被评为“五好社员”家庭，其中一条就是孩子思想品行好、学习成绩好，这与大伯讲的故事的熏陶、洗礼不无关系。特别是许多孩童长期听大伯讲故事，自己都能背过来，以至能够讲给比他们小的孩子听。

我听大伯讲故事多了，还学着自己编故事写故事。我读中学时，还曾模仿大伯讲的童话故事编写过《电的对话》童话故事，内容是太阳升高了，街上的路灯还亮着，电灯与电灯对话，说他们最怕太阳，有的人偏偏让他们与太阳见面，以此揭露那些不注意节约用电的浪费现象。虽投递一家杂志社未被采用，但得到了编辑老师的热情鼓励。不久，我又模仿大伯讲的民间故事编写了一篇《宝壶和宝棍》故事，说的是穷苦人刘栓儿为了惩治贪婪成性、催租逼债的财主王扒皮，让乡亲们过个好年，他巧施计谋，把一只破泥壶当作传家宝卖给了王扒皮，给乡亲们换回了500吊钱。王扒皮发现上了当，找刘栓儿算账，刘栓儿又用计，把一根普通的拐棍当作传家宝卖给了王扒皮，给乡亲们换回了50石谷子。事后王扒皮知道上了大当，要把刘栓儿投进白云洞喂蛇精。刘栓儿巧施计谋，使财主王扒皮一命归天，为民除了这个祸害。这个民间故事歌颂了聪明、善良、正直的刘栓儿，讽刺、揭露了愚蠢贪婪的大财主王扒皮。故事写好后，我寄给了河北美术出版社。编辑部的同志看后认为故事立意积极正确，情节曲折生动，随即请了两位画家配了插图，成了一本以《宝壶和宝棍》为题的小人书，向全国公开发行。当年的“发小”们看了这本小人书都说，这是听大伯讲故事后的另一种收获。

讲故事，农耕时代酒肆闹市、田间地头、农家土炕的一种乡土文化。她，人类社会早期或当下自觉不自觉的艺术创作，是人们认识自然、控制自然、改造自然的精神活动产物，是人们反映现实生活的一种独特的观念形态，是人们对超人力量的英雄形象的理想化塑造和推崇。不论中国故事还是外国故事，实乃人类集体智慧的结晶，都具有口口相传、出神入化的奇妙特质和开发智力、启迪向善的恒久价值。人类社会进入今天这个新时代，我们应该大喝一声——

把讲故事进行到底！

愿讲故事常讲常新！

让讲故事焕发时代新光彩！

远去的玩具

儿童时期是人生的关键时期，这个时期对儿童的培养教育直接影响儿童以后的生长发育过程，包括他们的知识、思想、价值观、人生观，关乎一个家庭、一个民族、一个国家的前途和命运。因此，无论城市和乡村，不分有钱和没钱，家家户户都关心和重视儿童的培养教育，其中一个重要的方面就体现在儿童的玩具上。

现如今，儿童玩具种类多多、玩法多样，便宜的需要几元，贵重的要几十几百元。走进商店超市，各种儿童玩具处处可见，琳琅满目，可谓声光电、陆海空一应俱全。相比之下，像我这样的“40后”，以至“50后”“60后”甚至“70后”，都实在不敢恭维，甘愿被戏称为“玩具盲”“玩法盲”的“土包子”。

20世纪40年代出生的我们那一代人，在学龄前不论男孩儿女孩儿，几乎都没有玩具，而之后有些玩具和玩法都是因地制宜、因时取材自行制作的。比如，常见的一种玩具玩法叫“摔泥碗”：从多年未干的水坑里取黑泥，像大人和面一样将其反复揉搓，待黑泥变筋道后取一馒头大小的泥块儿捏成小碗状，用手心托举着，瞬间用力反摔在地上或石阶上，只听“咣”的一声脆响，泥碗底部爆出一个大窟窿。这种玩法比的是看谁的泥碗摔的时候响声大、响声脆、爆的窟窿大，响声小的、闷的、爆的窟窿小的算输，并且要从自己的泥碗上揪一块儿泥巴把赢者泥碗底部的窟窿补上。这样不停玩下去，输者的泥团越来越小，直到输光泥团。

上小学后的玩具玩法就不一样了，不仅玩具玩法多了，而且男女有别，也就是说，男孩儿女孩儿的玩具玩法开始有区别了。在那个年代，社会动荡，民不聊生，即使全国解放了，新中国成立了，人民群众的生活水平仍然很低下，家长们依然没有能力给孩子购买像样儿的玩具。那时女孩子主要玩“揣子儿”“择瞎棍儿”“翻绳儿”。所谓“揣子儿”，就是从垃圾堆里捡来破缸片，裁成大人手指肚大小的缸块儿，打磨光滑，一副六个。玩儿时两人先将六个缸块儿攥在手中，然后向地上抛撒，六个缸块儿撒得最开的人先揣，也可两人“猜丁壳”决定谁先揣。“揣子儿”者先将五个子儿抓起，然后用拇指、食指尖捏起另一子儿，将这个子儿抛向空中，同时边把手中的另五颗子儿撒落在地上，边接空中下落的那颗子儿，然后再把这颗子儿抛向空中，同时捡起地上的一颗子儿，反复重复进行，直到把地上的五颗子儿全部捡起。在这个过程中接子儿和捡子儿都没有落空者为胜。因缸片是沙石做的，所以不好携带，放进衣兜里还毁衣服，有条件的同学用羊后腿的膝盖骨做成“羊拐子儿”，这样既携带方便，又省衣兜。不过那时普通人家吃不起羊肉，因此得一副羊拐子儿实属不易。我记得班里有个女同学，她姥姥家是回民，常吃羊肉，她跑了几趟姥姥家才弄得一副羊拐子儿，同学们都很羡慕。

所谓“择瞎棍儿”，就是从农村中被扔掉的破竹帘上抽几根竹条，截成铅笔长短的竹节，一副10根或15根不等，玩儿时由一人攥在手中立于地上，心中默念“1、2、3”，手掌猛地张开，竹节即刻散落在地上，然后拿起一根竹节去挑散落在地上的竹节，其间牵动了其他竹节为输，换另外一人去挑。依次进行下去，凡挑竹节时没牵动其他竹节的，被挑起的竹节归自己所有，最后手中竹节多者为胜。

所谓“翻绳儿”，就是截一根细线绳，将两头系在一起，形成一个线圈。玩时一人用两个拇指和两个食指将线圈撑起，使线圈变成长方形状。另一人用两个拇指和两个食指从两条平行线上交叉掏出线绳，此时线圈便从第一人手中脱落，在另一人手中形成另一种图形。两人你来我往，线圈图形也变幻莫测，非常好玩，很受女孩子们欢迎。上述这些玩具玩法既可培养女孩子细心、耐心的品质，又可锻炼她们的聪明才智。当然，从卫生防病角度讲，这些玩具玩法都不是很好。随着年龄逐步增长，女孩子们逐渐注意讲卫生了，玩具玩法也逐渐有了改变。比如开始玩儿“克房子”“踢毽子”“扔布包”等。这些玩具玩法今天还时不时有人玩起，以踢毽子为例，如今已成为中老年人强身健体的一项常态活动。

对于刚上小学的男孩子来说，他们的玩具玩法不同于女孩子。记得我们那时主要的玩具玩法有“打台”“踢球”“拨棍儿”。所谓“打台”，就是在地上画一长方形格子，离格子四五米远处画一横线，参与者自带一根母棍，同时，出一根木棍并排放在长方形格子中。根据排位，第一人用手中母棍击打长方形格子里的木棍一端，木棍受击打后立即向远处的横线飞去，如飞出横线，这根木棍则归击打者所有，如未飞出横线，第二人用同样的方法击打长方形格子里的其他木棍。依此类推，直到格子里的木棍都被击打出横线，这一局算是结束，如再玩儿，需另向长方形格子里添木棍。

所谓“踢球”，就是踢玻璃球。玩法是在平地上画一长方形格子，离长方形格子四五米远处画一横线，玩者自带一母球，另分别在长方形格子里放一玻璃球。几名玩者站在长方形格子前向远处横线抛手中的母球，按母球落点离横线最近者先踢球。踢球时需把母球放在横线上，直接向长方形格子里的玻璃球处踢，如击中格子里的球并使球滚出格子，这个球就属于踢球者所有。如没有球被踢出格子，踢球者的母球落到哪儿就停在哪儿不动，若母球落进格子里，那么这名踢球者就算“死”了，取消玩这局的资格。后面的人按先后顺序依次踢向格子里的球，直到格子里的球没有了，这一局才算宣告结束。若再玩，还需每人向格子里放一颗玻璃球。当然，也有不用脚踢而用手弹的。不管脚踢还是手弹，都需要技术，特别强调狠、准。踢球还需要一个好的母球，一般以大、重、圆为最佳，有的男孩儿找来机器轴承里的滚珠做母球，每玩必赢，让人非常羡慕。

所谓“拨棍儿”的玩法与“打台”差不多，一人先把自己的一根木棍横放在一断崖处，其中木棍一端探出断崖尺把长，第二人站在一旁，用自己的一根木棍猛敲断崖上的那根木棍探出的部位，那根木棍受力后向前方跳出，如跳出远方画好的横线外，这根木棍便归敲打者所有。如果没出横线，第二人则拿出一根木棍放断崖上，由第三人用同样的方法敲打，并以同样的标准判罚输赢。依此类推，直到大家不想玩了方结束回家。随着年龄的增长，男孩子也逐渐放弃这些低端的玩具玩法，逐步兴起了“抽汉奸”“滚铁环”“跳绳儿”这些新玩具玩法，一直延续到今天。当然，这些新玩具玩法不是小孩子的专利，大人们也用来强身健体。有些玩具玩法还创造了吉尼斯世界纪录，比如“跳绳儿”活动。

在我的记忆里，中华人民共和国成立初期小学校里有几种男孩儿女孩儿共同的玩具玩法，如今早已销声匿迹，没人再玩儿了。比如“丢手绢儿”“拍皮球”。所谓“丢手绢儿”，就是全班同学围坐一圈，一人手里攥一手绢儿在圈外快走或小跑，其间选择一人将手绢儿丢在他身后，继续快走或小跑，当转过一圈又到这人背后时，他还没发现身后有手绢儿，此人算玩输了，要到圈中间表演小节目，表演结束后攥起手绢同样在圈外快走或小跑，选择一人把手绢丢在他身后，如果此人发现身后有手绢儿，在丢手绢儿的人还没有空手转到自己身后时，赶紧拿起手绢快走或小跑，接着选择同学丢手绢儿。这是当年我们最普遍的集体玩法，既可锻炼儿童的机敏程度，又可健身强体。

所谓“拍皮球”，就是把全班同学分成两队，两队正前方各站一人，老师哨声响后，从两队最前方的那人开始拍着皮球前进，经过前方站立的同学向回拍着皮球前进，把球交给第二名同学继续拍球前进，依次类推，哪个队先结束哪个队是赢家。这项活动关键要有皮球。那时的皮球只有拳头大小，有橡皮色的，也有花色的。橡皮色的便宜，两三毛钱一个，花色的贵些，要四五毛钱一个。在那个年代，人民生活水平低下，没有几户人家能拿出几毛钱给孩子买皮球玩。那时我们班不到30名同学，只有两三个同学有皮球，因此班里很少组织拍皮球玩，那可是个人财产啊！比较起来，“捉尾巴”相对简单省事，人多可以玩，人少也可以玩。玩法是：一大个子同学作为轴心，其他同学依次抱着前边同学的腰部，形成一条长龙，由一人围绕轴心去捉龙的尾巴，也就是最后一个抱腰的人，捉到了算赢，由被捉的尾巴出来同样捉下一个尾巴。这种玩法不用玩具，“尾巴”为了躲避被捉，围绕轴心左右甩动，像波浪滚动一般，煞是好看好玩儿，既锻炼人的反应能力，又培养团结协作精神。

儿童——好动、好奇、好学，他们是蓓蕾，是花朵，是一个国家的未来和希望。历朝历代都重视儿童的培养，重视儿童的智力开发，其中玩具玩法是不可或缺的重要载体。随着社会的进步、科学的发展，儿童的玩具玩法也会不断地发展进步，一代代儿童也会在科学的玩具玩法中茁壮成长。把那些低端、落后、不卫生、不科学的古老的玩具玩法，统统扔进历史的垃圾堆吧！

又到榆钱飘香时

春分节气刚过，老家的侄子便捎来一袋翠绿鲜嫩的榆钱，说是在城里吃惯了各种高端果蔬，要我换换口味，品品这家乡的特产。

榆钱，榆树上结的榆荚，因形状像古代钱币，所以叫榆钱，嫩时可食用。据有关专家测定，榆钱营养成分极高，每100克榆钱含碳水化合物8.5克，蛋白质3.8克，脂肪1克，膳食纤维1.3克，矿物质3.5克，含铁量是菠菜的11倍、西红柿的50倍。榆钱性平、味甘、微辛，具有健脾安神、清心降火、止咳化痰、清热利水、杀虫消肿之功效。

打开装榆钱的布袋，便立即散发出一股浓浓的清香。睹物生情——那是存在于我脑海深处的一帧生活底片，是我青少年时期的生活必需。如今再见它吃它，谈不上换口味、品特产。

难道不是吗？我的青少年时期恰逢中华人民共和国成立前后。中华人民共和国成立前且不必多说，国家贫穷落后，受人欺辱，军阀混战，民不聊生；中华人民共和国成立初期，百废待兴，国民经济极不发达，人民生活也比较穷，榆钱榆叶、柳芽柳叶、野菜野果都是充饥的好食材。我家屋前屋后有大小十几棵榆树。那个时代，它们可是令人羡慕的宝贝。这倒不是因为它们能解决盖房用的大小木材原料，重要的是它结出的清香榆钱、长出的鲜嫩榆叶能解饿充饥、救活人命。榆钱盛开时节，正是农村青黄不接闹粮荒的季节。我放学回来，放下书包，拿起砍刀，腰间拴一根绳子，绳子另一端系一荆篮，爬上榆树，捋一把榆钱放进篮子里，篮子装满了，用绳子送到树下。树下人接过荆篮把榆钱倒进布袋里或笸箩里，我再把荆篮提到树上，继续捋榆钱，估计够吃两顿的了，我便从树上下来，一边等母亲做饭一边做作业。说是做饭，其实就是把榆钱洗净，拣出多余的梗子，掺上一碗玉米面，拌匀摊在笼屉上用锅蒸，熟后即可食用。我家乡把这种食用方法叫“打疙瘩”。还有一种简单的食用方法：在面粉奇缺的情况下把榆钱洗净用水煮，锅里放适量盐即可，熟后当粥喝，咸中带甜，也能吃饱肚子。当然有条件的可用榆钱“摊坨子”、做“榆钱鸡蛋饼”等高端饭食。

因为榆钱味甘，所以在各种能充饥的草木果蔬中算得上佳品，很受农民欢迎。但是，受宅院房基地影响，成材的榆树并不是家家都有，因此每到春天三四月份粮食青黄不接的时节，乡亲们便到村前村后公共地域寻找榆树捋榆钱采榆叶充饥。你捋他采，一棵榆树很快就光秃秃的了。公家地段的榆钱榆叶捋光采净了，左邻右舍便盯上我家房前屋后的十几棵榆树。每当这时，我总是用刀砍下几枝榆树杈，送给等在榆树下的乡亲们。他们也都很仁义很知足，捋一兜榆钱或榆叶够全家吃一顿的就离开了，临走时还免不了说声“谢谢”。一天，一个比我大一些的女孩二头见我在树上捋榆钱，树下几个大人等着我砍榆树杈放下来，她也向前走过来，可没走几步又退回去了。是不好意思还是怕我不让她捋我家榆钱？我不得而知。但她怯生生的样子我在树上看得清清楚楚。于是，我把刚刚捋满的一小篮榆钱用绳子送到树下，对妈妈讲，这篮榆钱给隔壁的二头吧！其实妈妈早已发现了二头，只是这孩子害羞不敢靠前，便提着这篮榆钱向她走去。二头见状，赶忙把两手从后背移到胸前，递过一条小布袋，原来她是有备而来。小布袋装满了榆钱，小姑娘乐开了花，一声“谢谢奶奶”转身跑了。

僧多粥少。我家的十几棵榆树没几天就被捋光了。好在草木有情，槐树花开了。我家乡的槐树有两种，一种是家槐，另一种是洋槐，两种槐树的花都能吃，以洋槐花为佳。这种花儿清香甘甜，用热水焯后可凉拌可做馅儿。我们村西有一条季河，河两岸槐树成行，棵棵直径盈尺，花开时节香飘四野，成群蜜蜂从四面八方飞来采蜜，老远就能听到嗡嗡声。这时，村里人成群结队前去采槐花，队伍中像我这般大小的孩子居多。洋槐树上长有针刺，一般人不敢爬到树上采槐花，通常都是几个人合作，有人用铁钩子钩着树杈向下拉，其他人借机采摘槐花，一杈采光了再去另一杈接着采摘。槐树花的吃法与榆钱榆叶的吃法大体相同，可以掺面“打疙瘩”，也可熬粥，还可与面搅在一起“摊坨子”。不过“摊坨子”要用油的，那时乡亲们很少有油吃，基本都是用肥猪肉炼油吃，因此很少有人用槐花“摊坨子”吃。

与槐树花前后脚来的还有香椿芽。香椿对于当时的农民来说算是高端食材，尤其是头茬香椿，鲜嫩极香，洗净切碎可凉拌豆腐、凉拌花生米，也可用盐直接腌起来当咸菜吃，还可“炸香椿鱼”。前边讲过，那时农民很少有油吃，所以也很少用来“炸香椿鱼”吃。我家乡最流行的吃法是把香椿洗净，切后放入盆中撒少许食盐，然后把开水倒进盆里封盖，几分钟后打开封盖，这时香椿由紫红变翠绿，香气扑鼻，让人垂涎欲滴。用它或盆里的汤拌面拌饭成为绝配，实乃越嚼越香，越吃越想吃。不过，那时的农民很少吃到头茬香椿，因为头茬香椿拿到集市上可卖好价钱，几斤头茬香椿卖的钱够普通人家一年的油盐酱醋开销。作为普通人家，院子里很少种有香椿树，即使有香椿树的人家，三茬四茬香椿卖不上价才轮到自家享用。他们大都把香椿叶捋下来用开水一烫，拌点盐当咸菜吃，香椿梗儿用盐水煮，留给孩子们当水果吃。我小时候就没少吃煮香椿梗，把梗上的皮剥下来放进嘴里嚼，越嚼越香。

香椿过季不能吃了，其他树种的果实叶子也都老了不能吃了，好在大地母亲关爱她的臣民，又滋养出许多种野菜供人们充饥。在我的家乡京郊农村，常见的野菜有：苦苦菜、蒲公英、银角菜、乐乐菜、猪蚂蚁、扫帚苗、荞麦芽、野芹菜、酸刺溜、马齿苋，以及芥菜、刺儿菜等，还有许多庄稼果蔬附属物，比如白薯秧叶、倭瓜秧叶、萝卜缨等，这些野菜果蔬都有丰富的营养，都称得上纯天然的绿色食品。当然，采集这些野菜果蔬也有讲究，也需要付出辛勤劳动。拿倭瓜秧叶来说，种倭瓜主要是要它结倭瓜，掐倭瓜秧叶是指打疯叉，疯叉不结倭瓜，不掐掉的话它会与果实争养分。疯叉掐下来拿回家可做菜吃。如果不懂得倭瓜栽培技术，见尖就掐，见叉就打，到头来结不出倭瓜，捡起了芝麻反倒丢了西瓜。同样的道理，采集白薯秧叶也要掌握时机，胡乱采集也会影响地下根茎的生长。

在我的家乡，最普通、最常见、最丰富的野菜当属刺儿菜。这种野菜为多年生草本植物，茎直立，叶互生，边缘齿裂，有不等长的针刺，所以叫刺儿菜。中国各地都有，常见于田埂地头、沟壕湿地，长老了，茎顶开淡紫色或浅蓝色花。李时珍《本草纲目》称刺儿菜中含有丰富的多彩蛋白、膳食纤维、胡萝卜素等，不仅能吃，还可入药，有清热解毒、消炎止血之功效。我的青少年时期和全国大多数人家一样，家里并不富裕，每年春天粮食青黄不接，全靠野菜充饥，吃得最多的就是刺儿菜。因为玉米地里湿润养分足，所以刺儿菜又多又嫩。那些年，大嫂带着我整天钻到玉米地里拔刺儿菜。我们把背筐放在地头，两个人并排向前边走边拔，拔满一掐后用一根玉米叶拦腰捆扎起来，放在身后地上继续向前拔。整块儿地拔过了，沿着玉米垄把放下的刺儿菜一捆捆捡起来装筐，背到另一块玉米地接着拔，直到两筐装得满满的，我们才背着回家。到家后我们把刺儿菜洗净，一部分晒干后存起来，留作第二年春天青黄不接时食用，一部分放进锅里煮，煮熟后攥干剁烂拌成馅，要么蒸菜包子，要么包饺子，比城里菜市场卖的时令蔬菜都要好吃。如果图省事，在剁碎的刺儿菜里拌上玉米面上锅蒸，和前面说的榆钱槐花一样“打疙瘩”，同样是那个时代农村不错的饭食。

话分两头说。是那个时代把这些野菜推上了农民的餐桌，真正富裕的人家谁稀罕这些？不是有那么一句话吗，“饿了吃糠甜如蜜，饱了吃蜜也不甜”。传说，当年饿极了的康熙皇帝不是把已经馊了的泔水当“珍珠翡翠白玉汤”吃吗？那个年代，农民也只能用这些野菜充饥。当然，什么也要有个度，这些东西吃多了照样不舒服，甚至会引起病症。野菜拿刺儿菜、蒲公英来说，因其味辛苦寒，空腹食用多了容易损伤脾胃，引起腹泻。树果以香椿、榆钱为例，因其性寒味甘，食用多了容易引起腹痛、皮肤瘙痒等症状。三年困难时期，村里人主食跟不上，油水又少，树上能吃的叶子果子、田间地头的野菜都吃光了，结果很多人中毒，全身浮肿，有的脸肿得像大头娃娃，看上去怪吓人的。那几年村里死了不少老人和小孩儿，说是病死的，其实就是饿死的或吃野菜野果中毒死的。一张姓人家的小儿子吃多了野菜，存在肚子里排不出，硬是得了“结”症憋死了。西街二麻子老妈吃多了野菜上吐下泻，硬是把肚子拉空了，去世时瘦得只剩下一把干骨头。最可悲可笑的是小学校一个班竟有十几个学生在课堂上大便拉了一裤子，一问是野菜吃多了的缘故。

盼得众生皆温饱，坐地尽享天伦乐。如今，城里人反而像当年农人那样，倒把野菜树果当作餐桌上的稀罕物热衷追捧，其实不过是换换口味、尝尝鲜儿罢了，若真的把它们当成主食长期食用，我想谁都不会愿意的。

又到榆钱飘香时，今时不曾是昔时。我由衷地祈祷：愿大自然中的草木万物永远繁茂！愿国民大众永远告别那些“野”字辈的食材！

小商小贩进村来

早年，走街串巷的小商小贩是农村一景，我们村也不例外。那时，大一些的村子逢单或逢双日子有集市，附近农家日常用品可到集市上去买，平时只能靠游商小贩送进村来。

走街串巷的游商小贩经营的货物有的是自家产的，有的是从别人家进原材料自己加工制作的，也有的是纯粹从商家直接进成品货，由自己搭时间和力气去卖，从中赚个差价。这些小商小贩大都起早贪黑，想方设法把带出去的货物卖光才肯回家，不然有的货隔夜就不能再卖了。从小商小贩手中买东西可以付现金，也可以物换物。农人大都用自家生产的玉米、豆子之类的粮食，以当时每升或每斤的价格兑换相应价格的货物。所以，小商小贩从家里出来的时候要带着口袋，用以盛顾客兑换货物时端出来的粮食。

经常到我们村来的游商小贩一般经营油盐酱醋、烟酒茶糖、瓜果梨桃、针头线脑，还有各种蔬菜。他们当中有的边卖边吆喝，有的只敲梆子、铜锣不吆喝。他们进得村来在人多的地方把车子停稳，把担子放平，掏出烟袋装上一锅烟，边吸边等待顾客前来买货。

有个卖水豆腐的薛老汉有60多岁了，是邻村赵庄的，家里开了个豆腐坊，祖辈儿传下来的“小磨儿磨黄豆”“卤水点浆法”，做出的豆腐既鲜嫩又筋道，放在冰水中不冻，放入开水中不化，吃起来口感甚佳，深受乡亲们欢迎。

薛老汉推一辆独轮车，车架子两侧各挎一只铁桶，铁桶里装满切成块儿的豆腐，再灌进拔凉井水，把豆腐块儿间的空隙填满。他用粉条粗细的铁丝做了个小叉子，有人来买豆腐，他用铁叉子轻轻一推，一块儿整整齐齐的豆腐就顺利放进了买主递过来的锅拍子上。不论卖豆腐还是买豆腐，都不说卖或买，而是说拣或拾，卖豆腐的小贩只吆喝“豆腐”两个字，买豆腐的客户只说“拣两块豆腐”或“拾两块豆腐”，然后递过去用高粱秆做成的锅拍子去接豆腐。用锅拍子盛豆腐一来可以淋去豆腐中的水分，二来能够防止豆腐被挤压碰破。水豆腐买回去可以用小葱加点盐凉拌，也可以红烧或滚刀切成三角状油炸，是农耕人家的当家菜之一。

我老家附近有几个村庄的红果（山里红）很出名。当年，毛主席纪念堂建好后，国家要进行绿化，树种除松柏外，还在全国海选红果树，最终我们那里的红果树被选中，从此故乡的36棵红果树一直陪伴在毛主席纪念堂左右。

我故乡的红果个大肉厚，外表看鲜红明亮，掰开看里面白中带绿，咬一口酸甜清爽，开胃生津。红果可作零食，可作食品，还可入药，特别还是制作冰糖葫芦的上等原料。当年，几乎天天有游商小贩到我们村叫卖冰糖葫芦。

卖冰糖葫芦的小贩在一根扁担的一端绑个三尺长、枕头粗的圆形稻草捆儿，草捆儿下端安两根擀面杖粗、一尺多长的木棍，两根木棍形成“八”字形。将扁担放在地上，“八”字形木棍和扁担另一端朝地，草捆儿上的冰糖葫芦被太阳一照，金光闪闪，煞是好看。

卖冰糖葫芦大都在冬季，这是因为冬天气温低，粘在红果上的冰糖不容易化掉。特别是春节前后，村里唱大戏或走会，人多热闹，小孩子手头又多少都有压岁钱，那是卖冰糖葫芦的旺季，小贩扛着草捆儿上插满冰糖葫芦的扁担，在村里转上一圈儿，保准卖个精光。

“甜钢儿桃！”“买甜钢儿桃啰！”边走边吆喝的小贩推着独轮车，独轮车上拴着一个笸箩，里面装满甜钢儿桃和一把扫炕笤帚。到了人多的地方，小贩把车停好，车轱辘前后打上眼儿，然后拿起笤帚边扫桃毛边吆喝。

早年科技不发达，许多果树自生自长，纯属原生态，甜钢儿桃就是其中一种，无论山区和平原，生产的桃子都属于这种。所谓甜钢儿桃，实际就是毛桃，桃子周身长满绒毛，弄到身上刺痒得很，所以卖桃儿的小贩要带一把笤帚不断地扫桃子上的绒毛。甜钢儿桃个头不大，最大也超不过带青皮的核桃，即使熟透了也不软，仍保持一定硬度，所以叫甜钢儿桃。用手掰开，桃肉是浅绿色的，靠近桃核处略显粉红色。别看这种桃其貌不扬，吃起来却甜甜的、脆脆的。

我村西南十几公里远的浅山区有一种特产——磨盘柿子。传说，明太祖朱元璋幼年家贫，一天流落到这片浅山区，发现不远处树上丹红点点，饿极了的朱元璋伸手便摘下几个，狼吞虎咽地吃饱了肚子。多年后，朱元璋出巡又经过此地，特意造访当年救他一命的柿子树，并当场脱掉黄袍裹在老柿树上，亲封它为“凌霜侯”。自此，这一代的柿子出了名，作为贡品年年进贡皇上。

这种磨盘柿皮薄肉厚，含糖量十足，霜冻下树后不用再漤，拿起来就能吃，放一段时间，变成一包清汤甜水，捅个小孔吸进嘴里，满口甜润清香，像喝了蜜一般。冬天柿子冻了，甚至挂着白霜冰碴儿，老年人不敢冻着吃，买回家放进凉水里“拔”，待完全化开再用小勺舀着吃。小孩子不怕凉，从小贩那里买来抱在手上就啃，边啃边倒吸凉气，那个爽劲儿只有尝过的人自知。从入冬到第二年春节后，是卖磨盘柿子最火的季节，村里常来小商小贩游街叫卖。

有个卖糖疙瘩的小贩，是我们村的常客。他推着独轮车从外村赶来，车上放着一个长方形玻璃匣子，里面分十几个格子，每个格子里放着颜色不同、形状各异的糖疙瘩，有绿色的螺丝转儿，有粉色的小圆球，有黄色的橘子瓣，还有小猫、小兔、小熊等各种形状的糖块儿，个个上面都粘着白砂糖一样的细颗粒，让人看上去就直流口水。

卖糖疙瘩的小贩最受孩子们的欢迎。他在车把上拴个小铜锣，进村后把车子停稳，从腰间抽出一个尺把长的小锤儿，不停地敲打铜锣。听到铜锣响，孩子们从四面八方跑来，你掏两分钱，他拿三分钱，买上三五块糖疙瘩，顺手塞进嘴里一块儿，剩余的装进衣兜里，用手捂着连蹦带跳地离开了。也有老奶奶拄着拐棍儿蹒跚而来，到了小摊儿前，从腰间掏出个小布包，打开包取出几张零钱，买几块糖疙瘩，甭问，一准是小孙子生病不愿吃药，给一块儿糖就能哄他把药吃下去。

早年间，毕竟人们的生活普遍拮据，不可能经常买糖葫芦、糖疙瘩、大柿子等零食解馋。还好，有一种大众水果——脆水萝卜，又便宜又好吃。我小的时候，经常看到小商小贩挑着担子或推着独轮车到村里来卖脆水萝卜。

头伏萝卜二伏菜。进入暑伏节气，农人开始种萝卜，经过几个月精心侍弄，长到秋分时节，陆陆续续开始收果实了。刚收的萝卜不能当时就卖，要埋在土中保存起来，待到冬天特别是春节前后再刨出来卖，那时的萝卜又脆又甜，价格又好。

脆水萝卜个大皮薄，脆甜可口。脆到什么程度呢？这么说吧，它若从一米高的桌子上掉到地上，一定会摔得很碎；若问它甜到什么程度？告诉你，它不用加糖，就能把人齁住。这种萝卜埋在土中的部分呈白色，出土部分翠绿色。据科学检测，脆水萝卜属凉性甘味，含有丰富的维生素C和微量元素硒，食用后开胃通气，止咳化痰，增强身体免疫功能。

卖相好不好，刀工很重要。卖脆水萝卜的小商贩大都有一手好刀功。你看，他把洗净的萝卜拿在手中掂一掂，顺手势抛向头顶，萝卜翻了几个滚儿，又落到手中，小刀一挥，萝卜缨儿部分就被齐刷刷削落下来。接着，小贩从上到下开始削皮儿，皮削到离根部一指处停止，待整个萝卜皮削完，此时的萝卜形成伞状，张开的萝卜皮把萝卜心儿围在中间，然后挥刀横竖依次从上向下切，萝卜心儿变成筛子状条块，活脱脱一只萝卜花，吃时只需轻轻一掰，一条萝卜“嘎嘣”一声就掉了下来。买了萝卜就地吃完的食客，自觉地把萝卜皮扔进小贩准备好的瓷盆中或口袋里，小贩带回家剁成馅儿做包子或撒上盐当咸菜吃。拿回家吃的食客吃完后把萝卜皮腌起来，再滴上几滴香油，成了上等的下酒菜。

“水豆腐！”“冰糖葫芦！“甜钢儿桃！”……

一声声高，一声声低；一会儿响在村南，一会儿响在村北。如同一曲大合唱，唱醒了沉睡的村庄，给乡野村落平添了生气、欢快、甜蜜、幸福……

晨曦里的乡野

晨曦，整个村子万籁俱寂，还在沉睡之中。随着头顶的星星慢慢闭上了眼睛，村子醒了，不时传出锅碗的碰撞声、柴门的吱扭声、飞鸟的扑棱声、家狗的狂吠声……村外，一层薄雾封盖着郊野，路旁的树木还分不出枝杈，地里的庄稼还看不清果实。此时，村民们有的荷锄、有的背筐，开始了属于自己的例行活动。

那是初夏的一个晨曦，李三和刘娟夫妇俩趁着孩子还在梦乡，急匆匆来到自家地里给棉花掐尖儿打疯叉。

前年，隔壁王叔家种了两亩棉花，精心侍弄了一季，秋天获得了丰收，又赶上了好行情，痛痛快快地赚了一笔。李三两口子眼馋，连着几个晚上跑到王叔家讨教经验。今年春芽刚发，他们就把自家的三亩地除了留下一片种菜，其余全部种了棉花。

按照王叔教的方法，两口子起早贪黑，该浇水浇水，该除草除草，一点也不敢懈怠，决心也发个小财，到那时一双儿女念书就不用发愁了。

瞧，两口子多认真：轻轻地搬动棉枝，仔细地寻找疯叉，时不时相互交流一番，就像侍弄自己的孩子一般，裤腿衣袖都被露水打湿了，也全然不顾。

那是深秋的一个晨曦，张二刚满十岁的大女儿兰子背着一只荆条筐从家里出来，她要到别人家收过的玉米地里捡拾落下的玉米秸。

兰子的爷爷奶奶重男轻女，兰子妈连生了两个闺女，他们硬逼着再生，但第三个还是女儿，直到老四是个男孩儿才罢手。孩子多日子自然苦，一家人顾了吃顾不了穿，没有富余钱买煤烧，大女儿兰子不得不早起和放学后背着筐到处捡柴火，全家做饭烧炕全靠她。

兰子想好了，完小毕业那年就满15周岁了，她就不念了，跟着爸爸到大田里干活，给家里减轻点负担。她觉得，女孩子嘛，会写自己名字、会算家里柴米油盐那点小账就够了，读那么多书有什么用。

兰子很聪明，学习一贯很好，无论哪科考试，在班里从没下过前三名。可是近来她上课经常打盹儿，学习成绩下滑得厉害。这天傍晚，兰子背着满满一筐柴火回家，一进门见万老师正在家里和父母说话。她知道老师家访是谈她学习成绩的事，于是先入为主了。

“万老师，我现在感到学习非常吃力，估计考初中也没希望，我想把这个学期念下来就不念了，在家帮爸妈干活，培养妹妹弟弟。”

万老师听兰子这么一说，再看看她父母毫无表情的样子，以为他们一家已经商量好了，其意已决，就没再说什么，很失望地走了。

兰子照常晨曦便起，背着筐到地里捡柴火。

那个在路边刮草坯子的小伙子是商家的大儿子，名叫顺子，去年夏天初中毕业后就回村务农了。不是他爹妈不让他考高中，是他自己不愿考。按他的学习成绩，考上县一中也没问题。只是他爷爷奶奶前几年双双患病欠了村里乡里医生家很多债，那几年家里几亩地打的粮食大部分都抵了债，每年春天全家的口粮都接济不上。因为这，顺子咬着牙坚持到拿了初中毕业证书，说什么也不愿考高中了。

自打回村后，顺子恨不得一天就发家，把家里欠的外债全部还清，让爹妈过上好日子。但毕竟他还是个十几岁的孩子，骨节还没长牢固，再加上刚出校门，缺少锻炼，地里真正的硬活儿顺子还真干不动，只能替父母打下手：春种，他跟着爹妈点种、平土；夏锄，他只能在爹妈前边拔草；秋收，他把爹妈割下来的麦子捆成捆儿抱到地头，砍下的玉米堆成堆……还好，顺子不怕吃苦受累。随着年龄一天天增长，他很快就掌握了田里的各种活计，成了爹妈的铁膀硬臂。

顺子农忙时忙地里的活儿，农闲时也不闲着，总是自己找活儿干。这不，入冬以来，他每天鸡叫头遍就起床，不是用独轮车从村外往家里推土留作和煤、垫猪圈用，就是推着车在村外坡头路边刮草坯子。在农村，坡头路边野草浓密，霜冻后枯黄了、倒伏了，西北风把树叶菜叶碎庄稼秆吹进枯草中，形成软绵绵的“毡子”，用锄头把它铲下来，推回家垫猪圈，再时不时泼些水，很快就能沤成上等的农家肥，撒进田里既给庄稼增劲儿，又能松土保墒情，比化肥强多了。顺子每年刮草坯子垫圈能积攒几十马车农家肥，所以只要雨水跟上管理到位，他家的地每年都丰产丰收。

农村的晨曦图景要属芒种时节最美。早在小满节气里，农人就磨好了镰刀，芒种时节一到，人们每天早早就下地割麦子了。那时露水正浓，麦穗牢牢地连在麦秆儿上，不易掉落。“麦黄农忙，秀女出房”，为了抢收小麦，连妇女都出动了。人们一边劳作，一边谈笑风生，好一幅酣畅淋漓的丰收图、幸福景！

听，不远处传来《麦子歌》：

> 芒种节，麦子熟，财主吃白面，穷人喝菜粥；芒种节，麦子熟，财主乐开怀，穷人泪水流。芒种节，麦子熟，百姓吃白面，不再交地租；芒种节，麦子熟，百姓乐开怀，财主低了头。

这首歌儿是一位饱受旧社会“三座大山”压迫的盲妇编写的，她唱出了乡亲们对旧社会的刻骨仇恨和解放后的喜悦幸福心情。据说，在解放后的一次全县文艺调演中，这位盲妇亲自登台演唱了这首《麦子歌》，台下掌声如潮。最后，评委们一致通过该歌为创作、演唱双双一等奖。

庄稼一枝花，全靠肥当家，这是村里大人小孩儿都懂得的道理。因此，对农民来说，积肥是一年中从头到尾要做的一件大事。他们除了垫猪圈、蓄鸡窝、淘厕所、刮草坯子沤肥外，野外捡拾粪便更是积肥的直接做法。看，晨曦里，人们背着粪筐陆陆续续走出家门，分头到村外捡拾粪便，烟袋锅里的火一闪一闪，伴随着主人一步步前行。

在我的故乡，捡拾粪便有这样几种：马、骡、驴、牛粪便，骆驼粪便，猪、狗粪便，还有人的大便。别看捡粪的人多，哪怕一条路上前后多人，大家也不在意。他们说得很轻巧：早晨起来背着粪筐绕着村子转一圈儿，“搂草打兔子，捎带手的事儿”，拾到拾不到、拾多拾少不重要，重要的是这是农人的本分，就算空着筐回来，起码舒展了筋骨、呼吸了新鲜空气，这就足够了。

就凭着这个心态，农人们日复一日、年复一年，生生不息，持之以恒，捡粪不止。孟家大水爹在我们村简直就是个捡粪专业户。他特制了一个独轮车，车上架两个大型荆条筐，农闲时推着车进山跑煤矿灰矿，那里拉脚的马车多、骆驼多，一去就是一整天，回来时满满两筐牲畜粪。一年下来，他家门外堆了小山一样的粪堆，春耕时撒进地里，庄稼黑油油的撒着欢儿长。

城里人讲究卫生，不论人的粪便还是牲畜家禽的粪便，提起来便陡生恶感。乡下人不同，对粪便有一种特殊感情。当然，我这里不是说农人不讲卫生，而是他们爱肥如命，认为没有粪便就等于没有了粮食，所以他们积肥意识特别强。村里在外村、在县城走读上学的孩子们，有条件的都背着粪筐，上学路上拾的粪倒进学校的实验田里，回家路上捡的粪留作自家地里用。村南骆驼板儿刘以给人驮煤驮灰赚差价钱为生，每天早出晚归，往返五十多里，相当辛苦。即使这样，他也视粪为宝。出发时骆驼轻装前进，他骑骆驼赶路。返回时骆驼负重，他便左手提个口袋，右手拿个勺子，一路拾粪。因为路途远，到家时袋子里已装满粪便。骆驼板儿刘粗略统计过，光驮脚拾粪，每年就能挣上百元钱。

一言以蔽之：故乡的晨曦不分春秋，没有冬夏，哪怕是大雨滂沱的盛夏、大雪纷飞的严冬，依然是“鸡叫三遍起，郊野人影忙”，各自忙着自己喜爱的事。所以，诗人称解放了的农村是动态的、热烈的、滚烫的，是有着极其顽强生命力的……

我的故乡何尝不是这个样子呢？！

纵横白薯情

白薯，又名红薯，俗称地瓜，有红白两种，味美且甘，营养丰富，含大量糖、脂肪、蛋白质、维生素和矿物质，所含养分能增加人体抵抗力，增强血管壁弹力和骨骼、牙齿健康，还含有大量碳水化合物、胡萝卜素等，为一般米、面所不及。李时珍《本草纲目》记载，白薯食疗价值极高：补血养气，润肠通便，防癌抗癌，并能提高人的免疫功能、防止动脉硬化等。

白薯属一年生缠绕性草质藤本植物，地上匍匐藤蔓，地下生块儿茎，喜温暖多光，耐旱耐碱。地茎可做粮食，并可配制烧酒、淀粉、粉条。当年我们村就办有用白薯做原料的粉条加工厂，供全村百姓食用或外销。白薯的地上藤蔓可食用，还可做饲料或药用，当年村里办的猪场大都用磨碎的薯秧加些谷糠作为主要饲料。

白薯产量极高，有“一亩数十石，多种谷二十倍”之说。明人徐光启的《农政全书》及谈迁的《枣林杂俎》书中均有论及。相传朱元璋未做皇帝之前，曾带兵在江西北部打仗。一次仗败退兵到安徽与湖北交界处的黄梅一带，由于粮草不济，人困马乏，便动员士兵四出寻找野菜。一天，他在山坡下发现一种藤蔓，一撕，叶子流出甜味儿的白水，一拉藤蔓带出一串块儿状东西，咬一口，“这苕子怎得甜”，于是解决了部队的口粮问题。这种东西便是野生的白薯。

据史料记载，白薯为舶来品，原产热带美洲，最早种植于美洲中部墨西哥和哥伦比亚一带，后由西班牙人携至菲律宾。明万历二十一年（1593年）从南洋引入我国福建、广东，而后向长江、黄河流域及台湾省等地传播。由于产量高，每亩最高可达上万斤，所以20世纪50年代中期，我的家乡京郊房山开始普遍推行白薯种植技术，到了1958年，在“大跃进”时期形成“村村夺高产，遍地种白薯”的局面。那时，农村交公粮大都以白薯代替，四斤白薯顶一斤公粮，可交鲜薯，也可擦成片儿晒干交白薯干。农户口粮也是按这个比例发放。那时老百姓一日三餐离不开白薯，特别是三年困难时期，村里盘炕育薯秧，薯秧拔掉后母薯还没有完全腐烂，生产队把它分给社员充饥，因为不算口粮，所以很受乡亲们欢迎。

作为一种大众食材，白薯有多种做法和吃法。在我的家乡，白薯的主要做法和吃法有：蒸、煮、烤、擦丝做发糕、切片晒干碾成面“压捏格儿”等。蒸，就是把白薯洗净上铁锅蒸，熟后可热吃或凉吃，入口即化，甘味无穷。煮，就是把白薯洗净整块加水煮，或滚刀切成小块放进铁锅里加水煮，熟后即可吃；还可把切成的小块与玉米碴或小米一起加水煮粥，熟后黏稠，香甜可口，这是当时京郊百姓早、中、晚必备的饭食。烤，就是把洗净的白薯码在煤火炉口周围，上面扣上铁锅或炽炉子，一段时间后，白薯由硬变软，表皮结痂，淌着油，掀开铁锅或炽炉子，一股喷香味道直扑鼻孔，让人垂涎欲滴。农村冬天要用柴草烧炕取暖，烧完炕后把几块白薯投入灶灰中，待灶灰火灭了，白薯也熟了，取出吹去表皮上的灰，掰开即可吃，满口香，甜倒牙，这是我儿时常用的一种吃法。擦丝做发糕，就是把洗净的白薯用一种特制的“擦子”擦成丝，掺适量菜，加少许盐，放进笼屉上锅蒸，熟后倒在案板上，切成豆腐块状，既可当主食吃，又可凉拌当菜吃。碾面“压捏格儿”，就是把白薯洗净用特制的“擦子”擦成片，晒干后碾成面，掺上适量榆树皮面增加黏度，加水和成面团，放进一种名叫“捏格儿床子”的器具里，双手握紧“床塞”，对着滚开的水锅从上向下用力按压，面团便从“捏格儿床子”底部的小孔中流出，形成面条落进锅里，煮熟后捞出拌上炸酱或卤料，再加点菜码拌着吃，令人回味无穷，赛过老北京的炸酱面。

对于当年膳食结构单一的京郊农民来说，这些白薯的做法和吃法不能不说是聪明智慧的结晶，是现有条件下提高自己生活质量的发明创造。

世界就是这么怪，看似低端的东西，生产过程却不简单，甚至可以说很不容易。拿白薯来说，当年很不值钱，一分两分钱即可买一斤，农户家房上房下、桌底墙角到处堆放着白薯。然而要生产一斤白薯却很不容易，从盘炕育秧到整地栽种，从除草翻秧到刨薯储藏，工序繁多，流程复杂，每道工序、每个流程既需要体力又需要技术，实乃“谁知盘中餐，粒粒皆辛苦”。

盘炕育秧。白薯是通过种植秧苗与地下生茎而形成果实的，因此，种植白薯首先要培育秧苗。培育秧苗有多种方法，早年在我的家乡，主要采取“盘炕育秧”法：在地上挖出一米左右深的坑，像农家住屋一样盘一火炕，留出烟道和灶口，然后在炕上铺一层土和肥，把选好的母薯按顺序半躺着排列好，先洒一遍水，使白薯母子和粪土保持湿润，之后在白薯母子上再盖一层粪土。底层和表层的粪以草木灰最佳，“种薯一把灰，结薯一大堆”。实在没有草木灰，可用农家肥代替，最后用草帘子盖在上面。根据天气温度情况，由专人每天早晚各一次在道口添煤或加柴使薯炕保持一定温度。白天把草帘卷起，使薯炕充分晒太阳，同时用喷壶洒一遍水，晚上把草帘盖好。大约一个月，白薯母子开始发芽，等幼芽长到大约30厘米，也就到了栽种时令，开始拔薯秧。为了不伤着秧苗，拔薯秧时把一长条木板横放在薯炕上，人坐在木板上一颗颗拔薯秧，拔满一掐后用稻草绳捆起，放进筐里继续拔，直到拔够当天栽种的数量即可。

整地栽种。种白薯的地要精耕深翻，打细耙平，然后用镐调出一个个地垄，垄与垄间隔半米左右，再用锄地勺子尖儿在背上开出一个个小坑，坑与坑间隔30厘米左右，在每个坑里浇上水，最好是粪尿水，待水渗入土后即可栽薯秧了。栽秧人一手拿一捆薯秧立在地垄中，另一只手取一棵薯秧，捏在拇指、食指、中指间，用力摁入浇过水的土坑中。其间要掌握分寸，薯秧根部入土不可过长或过短，入土部分过长，露土部分便短，这样会影响薯秧成活时间。入土部分过短薯秧扎根又会变少，影响结果数量。经过多年实践，我故乡的农人总结出一套栽秧口诀：一插二躺三抬头。薯秧栽好后要及时培土，培土人骑在地垄上，用双手把苗坑两边的土向薯秧处聚拢，把秧苗稳稳固定好。到这里栽种白薯的工序还不算完，中间还要施两次肥，第一次是秧苗成活后施一次尿素，促其扎根生长；第二次是等薯苗爬蔓时再施一次尿素，促其结果壮果。

除草翻秧。白薯栽秧后不能万事大吉，还要加强管理，管理到位才能获得好收成。白薯的田间管理主要要做好两项工作，一是适时除草，二是适时翻秧。除草就是除掉秧苗周围的杂草，既减少养分流失，又起到保墒作用。这项工作大都在薯苗成活后和开始爬蔓时进行，至少要除两遍草。翻秧就是在薯秧长出蔓后对其进行梳理，将其翻向一边。这道工序很重要，一方面能防止匍匐在地上的秧蔓扎根，影响主根生长；另一方面通过梳理翻秧使藤蔓通风见光、有序生长。这道工序至少要进行二至三次，直到收获季节。我青少年时期经常和家人一起到地里翻薯秧，顺便割些薯蔓回来，嫩的薯叶留作熬粥给人吃，老的薯蔓剁碎喂猪。

刨薯储藏。经过几个月的生长，埋在地下的薯秧部分逐渐生根长茎，到了秋分节气前后，根茎已长成大块儿白薯。随着天气逐渐转凉，早晨开始下霜了，这时到了刨白薯的季节。刨白薯首先要锁秧，就是把白薯秧从离地三至四厘米处割下来放到地边，再用铁镐一颗颗刨地下的白薯。刨白薯也是力气加技术的活计，掌握不好会丢失白薯或把白薯砍伤。有经验的刨白薯把式会根据薯秧长势下镐，“左一镐右一镐，前方一镐往后倒”，往后倒时双手用力提镐，一坨子白薯便随之出土，这时一只手提薯茎，一嘟噜粉红色的白薯露出了“尊容”。提出来的白薯放在原地，接着用同样的步骤刨下一颗，依次类推，一行行白薯带着泥土的芳香排列在身后，一派丰收景象，好不壮观。

白薯刨出来后先不要收，就地晒一到两天，主要是让它出出汗，更容易保存。去汗后把几颗白薯的秧蔓捆在一起，形成一个个白薯坨，轻拿轻放运回家。从坨上掉下来的零散白薯，可临时食用，也可储藏。储藏白薯很讲究，受凉受热受潮都不行，要保持一定温度和湿度。在我的家乡，有条件的都要挖薯井，井深以不出水为宜，从井底向四周掏几个洞，把成坨或零散的白薯分别放入井洞里，根据天气形势决定加不加井盖儿。这是最好的储存白薯的方法，直吃到第二年五六月份，仍保持白薯鲜甜不坏。在我的家乡保存冬储大白菜也都采用这种方法。

白薯，全身是宝，是我家乡极其普通的大众食材，比起后来引进的土豆更受群众欢迎。那个年代，特别是三年困难时期，它拯救了很多人的性命。尽管那些年人们吃腻了它，吃得直烧心反胃漾酸水，但终究还是忘不了它。不管是集体生产还是个体经营，农人仍保留一片田地种白薯。即使从家乡走出久居全国各地或漂泊海外的游子，也总是忘不了它——回忆的话题有白薯，聚餐点餐有白薯。那是一份儿感恩的心，感恩白薯的养育之恩；那是一股故乡的情，埋在心底的久远真情……

我家的那片枣林

村西有我家一块地，地南边不远处就是村里住户，从地南头向北十几丈远有一条东西走向的大道。这条道方便了村里人出行，却切断了我家那块地。好端端的耕地却甩出一块地头，不要说种庄稼，连耕地都无法进行——牲口走不动，犁杖甩不开。俗话说得好，桃三杏四梨五年，枣树一年就还钱。祖上一合计，在甩出的那块地头种了三排十几棵枣树。他们算了一笔账：枣树耐旱、好活，种上一年后就能结果。这十几棵枣树长大后能产不少枣，既可自家吃又可卖钱，不比种粮食差。

这十几棵枣树究竟是哪年种上的，我不得而知，只知道我记事时它们已长到大人腰粗了。每年四月份三遍春风吹过，枣树便发芽了，几天后由鹅黄变成了墨绿，接着开了花。枣花也是鹅黄色，很香，据说是上等的蜜源。所以每当枣花盛开的时节，那十几棵枣树就被蜜蜂包围了，老远就能听到嗡嗡声——小精灵们正在忙着采蜜呢。

枣是极佳食品：鲜枣酥脆多汁，香甜可口，是小孩子们的最爱。干枣呈紫红色，肉厚耐嚼，有弹性。无论干、鲜，枣都是上好的食材。李时珍所著《本草纲目》记载，红枣含有大量维生素C、维生素P和多种微量元素。红枣泡水喝，能养肝排毒；红枣熬汤喝，能润肺止咳；红枣泡酒喝，能疏通血管。长期食用红枣，可镇静安神、补血降压、增强免疫功能，有“一日吃仨枣，年轻不显老”之说。

红枣有如此这般功效，所以祖上十分看重这十几棵枣树，像侍弄庄稼那样精心养护它们。每当立春时节，父亲都要在每棵枣树下培起一个圆形或方形土围子，从很远很远的地方挑来井水进行浇灌，有时还撒些农家肥，让它们吃饱喝足孕育更多的花果。俗话说“旱枣涝梨”，雨水多适合梨树，而枣树怕涝不怕旱。每到雨季，有时连续几天的暴雨把枣林变成了泽国，这时父亲就挽起裤腿，用水桶一桶一桶地往外淘水。天道酬勤，大枣年年获得丰收。

“七月十五红圈儿，八月十五落杆儿。”这是京郊农人形容大枣成熟期的俗语。农历七月十五左右，树上的大枣开始一圈圈地泛红了，到了八月十五左右，就基本全红了，便开始打枣收获了。南宋诗人写“慢慢秋风夕照中，婆娑一树万珠红”，就是描写这个时候的枣林景象的。

从开花挂枣到成熟打枣，在加强管理的同时，还要加强看护，这个任务理所当然地落到小孩子身上，我小的时候就负责我家枣树林的看护工作，每天早饭后便到那里去“值班”，主要是防止麻雀乌鸦等飞禽叼啄未成熟的枣，防止驴牛马等牲畜及猪狗等家畜啃树皮吃青草破坏枣林生态，防止小孩子用弹弓或石头打鸟伤着枣果。特别是七八月间，是天气最热的季节，也是大枣临近成熟的时期，尤其需要加强看枣人的责任心。每到这个时候，我便从家里拿一块麻袋片铺在一棵枣树下，中午大人们在家里歇晌，我就躺在树下全天候看护枣树林，生怕有什么闪失影响大枣收成。一天中午，邻村几个比我大的男孩子叽叽喳喳地从大路上走过来，见树上的大枣“红脖儿”了，其中一高个子男孩儿说：“天这么热，打几个枣吃怎么样？”那几个小一些的男孩子异口同声地说“好”。我见来势不妙，又不敢硬去阻挡，灵机一动想到刚才那个大个子男孩说起他刚上完小的哥哥大刚，赶忙跑到他面前说：“你哥是不是叫大刚？”大个儿男孩儿反问：“你怎么知道？”“听我哥说的，我哥说他的同桌叫大刚，是你们村的。”听我这么一说，大个子男孩儿把手中的石头扔到了地上，其他几个孩子见状也都把握在手中的石头扔了。我趁热打铁：“现在枣子还没熟透，不熟透的枣子不甜，再过一个星期你们过来，我上树给你们摘，那时保管甜倒牙。”大个子男孩儿听我说完，转身对那几个孩子说：“这是我哥同学家的枣林，往后不管谁路过这里，都不准打枣，谁要是坏了规矩，别说我对他不客气。”这帮孩子连连点头，说着笑着走了。还有一天中午，我吃完午饭从家里往枣树林赶，老远看见一个中年女人在跳着脚摘枣。由于枣树枝高，女人身子重跳不起来，跳几次都没有摘到枣，于是便弯着腰捡落在地上的枣儿吃。我走近一看，见这女人披头散发，满脸黑乎乎的，汗珠从额头上淌下来，在脸颊上留下了道道印痕。身上的衣服也是一条一绺儿的，勉强遮盖着身子。我上前问她是哪个村的，她不答；问她是不是饿了，她仍不答，只是一个劲儿傻笑。我断定此人不是疯子就是傻子，看样子是好久没吃饭了。我赶忙爬上树，摘了一兜又红又大的枣儿，告诉她掉在地上的枣子里面有虫子，吃了要拉肚子的，边说边把摘下来的枣子倒给了她。这个女人很友好，虽不讲话，却又是点头又是笑。她接过我给她的枣高高兴兴地走开了。

经过一个春夏的精心管理和看护，终于到了打枣收获的季节。打枣也有讲究，不注意会伤着枣影响保存。我们乡下打枣一般会在树下铺上被单或苇席，大人上树轻轻摇动树干，那些成熟的大枣便掉落下来。摇动树干仍不落地的枣子，可用竹竿儿振动枝杈，成熟的枣子通过振动也会掉落下来。摇动树干也好，竹竿儿振动枝杈也罢，切记都不可用力过猛，用力过大过猛，枣子会掉落很远，捡枣费力费时不说，还免不了会丢枣。枣子落在被单或苇席上，全家人一个个捡起放进筐里篮子里。此时还有少量的枣子长在树上，特别是树尖尖儿上，再长的竹竿儿也够不到。父亲说这些就不要打了，留给鸟儿做食料吧，过了大秋，地里的庄稼都收完打净入库了，它们没了吃的，留几个枣子在树上，多少也能让它们吃几顿饱饭。

收获的枣子运回家后，先放到筛子里或笸箩里晾一段时间，待雨季过后转到房顶上晾晒。京郊房子大都是中间起脊的灰沙屋顶，坡度不大，在房檐处摆几捆秫秸捆儿，用砖头或石头压实，然后把半湿半干的枣子倒在房顶上摊开，整个房顶晒满了鲜红的枣子，每天用竹耙子翻动一遍，枣子在阳光下均匀暴晒，渐渐由红色变成紫红色，原来光滑的枣子逐渐有了褶皱。此时的枣子越发香甜，是极佳的零食。这时在房顶做个囤圈，将晒好的红枣放入囤圈内，顶部用草帘等物封盖好，冬天下雪都不怕，直吃到第二年春夏两季。

红枣对于农村家庭来说，既是孩子们喜欢的零食，也是传统饭食中的上等配料。那时农民还很不富裕，农家孩子没钱买零食吃，红枣解决了这个难题。我经常登着梯子爬上屋顶，从囤圈中抓一把红枣装进兜里，跑到街上边吃边玩儿，许多小朋友见我吃枣都投来羡慕的目光。当然有时我也送给要好的朋友几个枣子解馋。农家过年蒸年糕，五月端午包粽子，都离不开红枣，有钱的人家赶集买红枣，家庭不富裕的就自己糗豆馅儿包粽子，蒸年糕也就只好多放豆子不用大枣。脑子活泛一些的家庭主人会背上豆子等杂粮，到集市上和山里人换红枣，山里人缺少平原地区产的杂粮，也乐意与山外人互换，“货换货，两头乐”，双方互通有无、相互补缺，何乐而不为，自然都心满意足。作为拥有红枣的家庭，我家从没指望靠红枣发财，因此舍得伸出援手接济那些因为没有红枣而犯难的家庭。每到春节前小年儿一过或端午节前，父母总是东家一碗西家一瓢送红枣。记得有一年刚进腊月门儿，一家赵姓邻居主人突然病了住进医院，小年儿过了才出院，全家净顾忙活病人了，什么年货也没准备。吃不吃肉无所谓，总要给孩子蒸两锅红枣年糕吃吧。江米倒是现成的，就是缺红枣，到集市上换也来不及了。正着急时，我母亲送去一瓢红枣，赵家孩子妈高兴地说：“多亏您想得周到，不然我家今年真的吃不上红枣年糕了呀！”还有一年刚进六月，隔壁三丫的奶奶病了，医生给她开了一服中药，熬制时要用红枣做药引子，虽说需求量不大，可是新枣还没下来，正是青黄不接时，急得三丫爸爸背起“稍马子”就要到集市上去买。刚出门，正碰上我父亲下地干活，见三丫爸爸火急火燎的样子，问明情况后说：“别赶集了，我家还有几把红枣，赶紧找你婶子拿回去熬药吧！”闻听此言，三丫爸爸千恩万谢，说老娘的病有救了，边说边向我家跑去。不久，三丫奶奶大病初愈，虽说起关键作用的是药不是枣，但从这件事情上，我父亲得出个结论：急缺急用的东西最可贵最值钱。于是，每年红枣收进家里，父亲都要留一点点放进竹篮里挂在房梁上，以备急用，孩子们够不着、摸不到，一直保存到第二年新枣下树。还别说，有时还真能救急。有一年三家街坊同时娶儿媳妇，按照风俗，新人被褥里要缝进几颗红枣、花生、栗子，意为早生贵子。是我父母保存的红枣为他们解了燃眉之急。

社会在进步，经济在发展。如今国家物质极大丰富，人民生活水平大大提高，红枣已不是什么稀罕物，在大小商店、农贸市场，到处都可见到它的身影。红枣已是寻常百姓家轻而易举就能拿出的大路货。乡亲们不仅可以吃到家乡的红枣，还可以品尝到新疆和田红枣、甘肃临泽小枣、山东宁阳大枣、山西稷山板枣、河北行唐长枣，以及由枣子泡的枣醋、枣茶、枣酒和由大枣制成的各类糕点小吃，可谓“桑枣人家近，蓬蒿客路长”。

在我的记忆里，红枣以及难忘的乡情，是怎么也赶不走抹不掉。于是，我写下一首《枣林之歌》，直抒我与那片枣林的特殊情怀——

老家的那片枣树林，经历了多少风吹雨侵。
伴我走过了金色童年，摇醒我多少日月星辰。
无论走到哪里，你总是如影随身。
抹不掉啊忘不了，你用甘甜染白了我的双鬓。

油锤咚咚响

咚！咚！咚！

油锤砸向油槽木楔的声响，从村公所大院的油坊里传出。响声从早到晚，断断续续，震天动地，昭示着我的故乡农村手工作坊蓬勃兴起，集体经济快速发展。

说起我的故乡农村开办油坊，不得不提到一个人，他叫三柱，时年28岁，身材魁梧，膀大腰圆，一双大眼睛分外有神。听大人们说他是江苏南京人，祖辈以开手工食用油作坊为生。1937年底南京沦陷，日本侵略者有组织、有计划、有预谋地对南京及其周边地区进行了一个半月的大屠杀。那年三柱10岁，他记得清清楚楚，那天清晨，他和爹妈一起正在油坊里忙活，一队日本兵开着小汽车闯进他的家，不由分说，进门就抬起刚刚灌满食用油的油桶往汽车上装。这可是三柱全家一个月的劳动成果呀！他爹死死抱着油桶不放，一个日本鬼子上前就是一枪托，把三柱爹打倒在地。三柱见爹倒下了，刚要前去搀扶，被他妈拦住并一把推进油槽里，顺手盖上了一块木板，自己顺势躲进炒油料用的柴火堆里。日本鬼子听到旁边有响动，端着枪走了过去，没有发现什么，便坐上车拉上油桶走了。日本鬼子走后，三柱妈拉着三柱赶紧去看孩子爹，没成想日本鬼子那枪托正打中孩子爹胸部，三柱爹倒下后就再也没有起来。没了一家之主，三柱家的油坊也开不成了，从此娘儿俩过着乞讨的日子。三柱18岁那年，日本投降了。三柱对他妈讲，日本鬼子跑了，国家太平了，我也长大了，咱要把老油坊重新办起来，一为乡亲们吃油方便，二为咱家过上好日子。三柱妈觉得整天东奔西跑乞讨过日子也不是办法，便同意了儿子的主张。谁料刚刚摆脱日本人的蹂躏，内战又把中国人民推向了万丈深渊。三柱拒绝充当国民党兵，独自躲进了山里，等局势稍微平静些，他返回家中才知道，因为他妈妈交不出儿子，已经被国民党反动派残忍地杀害了。望着凄凉的老宅和那些熟悉的打油设施，三柱心一横：走，向北方走。于是，他收拾起简单的行李，只身云游，日行夜宿，一路讨要，一路风尘，受尽人间苦楚。

一个微风和煦的清晨，我的故乡的乡亲们早晨下地劳动，路过庵庙门前时，发现一青年蜷缩在庙门外的石阶上，一问才知道是个流浪汉。那时国家有个政策，凡遇流浪者，交由当地政府救助。乡亲们把小伙子领进村公所，交给了村干部。

“你叫什么名字？家住哪里？”村长问。

“我叫三柱，家在江苏南京郊区。”小伙子回答。

“先在我们这里吃顿饱饭，然后给你路费回家吧。”

“我家没人了，爹被日本人打死了，妈妈被国民党枪杀了。”

“那你会种地吗？如果会种庄稼，就在我们这里落户吧！”

小伙子知道这里是北京郊区，已经解放了，巴不得留在这里，赶忙说：“种地我不会，但我有手艺，会打油，祖辈都是开老油坊的。”

我的故乡解放后迅速发展生产，特别是合作化后，村里办起了烧砖厂、弹棉花厂等副业，走“以副养农、以副促农”的发展道路，集体经济发展很快。如果再办个打油作坊，既能推动集体经济进一步发展，又能解决乡亲们吃油难的问题，一石二鸟，何乐而不为？村长想到这里，赶忙对小伙子说：“我们村正想多办几个工厂，就发愁没有技术人才，如果你愿意，就留在我们村帮我们办个油坊吧！”

小伙子满口答应了村长的要求。

轻车熟路。三柱在村公所腾空的五间东厢房里，很快挖好油槽，安好灶台炒锅，备好油锤、饼箍、木楔、油桶、稻草等，初步计划制作棉籽油、花生油两种。至于原料嘛，村里有弹棉花厂，棉籽现成的；部分大田改种花生，制作花生油也不愁原料来源。开工那天，合作社举行了隆重的仪式，各生产队派代表参加，村公所大院挤满了人。乡亲们看到，五间东厢房正中的门框上方一块长方形牌匾挂在中间，“老油坊”三个金色大字闪闪发光。门两侧一副长联格外显眼，词是三柱自己仿照江苏老家“老油坊”的对联编的，字是村里的顶尖乡贤书写的，上联是：春风阵阵迎一轮红日展多姿景象；下联是：油锤咚咚凭一身功夫为百姓送香。

油坊打的第一批油是棉籽油。原来村里弹棉花厂轧出的皮棉籽儿仨瓜俩枣就卖给了外村或白送给村里的社员当肥料。如今，油坊把棉籽全包了下来。在三柱的指导下，几个壮年先把棉籽洗净上铁锅蒸、炒，然后在饼箍内铺上稻草，把蒸炒的棉籽装进饼箍内，用稻草封住后踩实成圆饼状，每20个棉籽饼按顺序排列在油槽中，油槽一边用木楔把棉籽饼挤紧，然后木楔与油槽边加进小木楔，用油锤把小木楔打进去。油锤是特制的，锤头是木质的而不是铁质的，以枣木为佳，桑木、槐木次之；锤把儿不是硬调而是软调，这样抡起来省力，打下去劲儿大。随着木楔加多，棉籽饼被挤压的程度也越来越厉害，棉籽里的油便随着强烈的挤压被一点点挤出，顺着油槽的另一端流出来进入油桶里。待棉籽饼被挤压到一定程度，再没有油流出了，这槽棉籽饼便完成了历史使命，取出放到一边，再装进一批棉籽饼继续用油锤捶打。

老油坊打油最辛苦的活计要数抡油锤打木楔者，完全靠体力凭力气。为此，村里专门为油坊配备了六名身强力壮的小伙子，分两人一组三班倒。三柱并没有把自己看作单纯的技术指导，而是作为油坊里普通的一员。为此，他请示村长退回一名年轻人，这个空缺由自己补上去，全流程、全过程参与抡锤打油。他说，我是个走投无路的流浪汉，是村里收留了我，咱不能忘恩负义，要懂得感恩报恩，要用自己的一技之长为村里的父老乡亲们谋福利。他说到做到，不惜力不怕苦，没日没夜工作在油坊里。其他人下班回家了，他抓紧时间吃口饭，赶紧填饱肚子又继续干活。每天晚上别人走了，他把整个油坊收拾整理得干干净净，把第二天要用的料备好，要用的工具摆齐，工人们第二天上班抄起家伙就能干活。

一分耕耘一分收获。在三柱的精心指导和努力下，村里油坊的第一批棉籽油出厂了，虽质量不是很高，但乡亲们吃上了本村自产的食用油，那份成就感、荣誉感、幸福感油然而生。乡亲们说，我们祖祖辈辈饥寒交迫，不要说吃油，能填饱肚子就算不错了，逢年过节炒菜时，恨不得用挖耳勺往锅里滴油。如今有了自己的油坊，家家户户可以适当增加点油水了。

人类的历史就是不断地从必然王国向自由王国发展的历史。三柱继承父辈老油坊的经验，不断地摸索新的经验，取得新的进步。他发现棉籽打出来油以后，棉籽饼作为肥料随便就处理了。能不能将其废物利用为乡亲们创造更多福利？他冥思苦索，找来有关棉籽饼废物利用方面的书籍认真研读。开始，他不敢声张，自己偷偷地搞实验。经过无数次失败后，三柱终于找到了用棉籽饼做肥皂的方法。当村干部看到他拿出第一批10块肥皂后，都惊呆了。村长拿着肥皂让几户人家试用，大家说三柱做的肥皂虽然黑乎乎的颜色不好看，可是无毒无怪味儿，用来洗手洗衣服和商店里买的肥皂没什么区别。得到了村干部和乡亲们的认可，三柱在制油的同时，还大张旗鼓地制作肥皂。从那以后，全村乡亲们都用上了他制作的肥皂，从而减轻了乡亲们的经济负担。

继制作棉籽油后，三柱还开发了花生油、芝麻香油的制作，为乡亲们的生活增添了浓厚的香色、香味儿。

栽下梧桐树，引得凤凰来。就在三柱来到村里第五个年头，也就是三柱28岁那年，村里的荷花姑娘看中了他，经中间人一介绍，两人很快就好上了。那年五一劳动节，由村长主婚，三柱与荷花姑娘喜结连理。婚礼上，村长向全体乡亲们介绍了三柱来村里五年做出的成绩：油坊共产棉籽油15吨，花生油13吨，芝麻香油11吨，附带生产肥皂两万块，粪肥35吨。他说：“三柱不仅给我们村创造了财富，还让我们加深了对‘以副养农、以副促农’经济政策的理解。我们不能忘记他在我们村发展集体经济中所起的重要作用。往后，在三柱的帮助下，我们要不负时光，乘胜前进，进一步发展村里的集体经济。”村长话音刚落，三柱接上话茬儿说：“咱们村集体经济大发展，是全村人在村委会的带领下取得的成果。今天我和荷花喜结良缘，咱们村给了我一个真正的家，说明我已经成了地道的京郊农民。请相信，我这辈子活着是咱村的人，死后是咱村的鬼，我会把全部心思用到油坊上，为乡亲们谋更多的福利。”

婚礼上的烟火还没有散尽，笑声还在街巷中传递，三柱就又钻进油坊，继续干他的活计。

咚！咚！咚！油锤砸向油槽木楔的声响，深沉清脆，震天动地。这声响裹着油香，打着旋儿飞向远方，飘上苍穹……

炸豆腐开锅

“炸豆腐开锅，一角钱一碗——”“炸豆腐开锅，一角钱一碗——”清晨，村中央庵庙前不时传来悠长的叫卖声，精美小吃的香味儿随着叫卖声飘向大街小巷，唤醒了乡亲们。

我们村中央老戏台前有个尼姑庵，门前有个一丈高、三丈宽、近百丈长的高台，那是村里老人们集聚聊天、各类摊贩摆摊做买卖的地方，卖“炸豆腐丸子汤”的就是这里的固定摊点。

这个“汤”老板名叫王大山，40岁左右，高高的个子，宽宽的脸膛儿上布满了皱纹，看上去给人一种饱经风霜的沧桑感。说是老板，其实就是挑两个木柜卖炸豆腐丸子汤的小贩。男主人在这里看摊卖货，女主人在家备料，时不时往这里送料。说起这两口子支摊儿卖炸豆腐丸子汤，还真有一段曲折的故事呢。

王大山兄弟六个，他排行老六，16岁那年兄弟分家，因他最小，按习俗跟爹妈一起生活。分家第二年，卢沟桥的枪声打响，日本鬼子大举进攻京西地区，一路烧杀抢掠，闹得鸡犬不宁，民不聊生。一天鬼子抓王大山去修工事，他爹妈抱着他的腿不让他为日本人做事。日本鬼子恼羞成怒，连开了几枪。王大山眼瞅着二老惨死在敌人的枪口下，仇恨满胸膛。一天出工路上，王大山趁看押他们的日本鬼子不备，钻进一片高粱地，一溜烟儿跑回了村子。他不敢回家，怕再被鬼子抓去，于是出逃了。

因为没有读过书，也从未出过远门，王大山不知道要逃到哪里去，从琉璃河出发，爬上运煤火车，昼行夜宿，走走停停。不知走了多少天，最终来到一座煤矿前。实在太苦太累太饿了，他不想再往前走了，夜里便在一处铁路桥下睡着了。不知什么时候走来一对母女，在离王大山不远处也睡下了。天亮王大山起来后，发现这对母女早已起来，正在河边洗脸呢。王大山这才看清，那女孩子瘦高个儿，浓眉大眼，是个亭亭玉立的大姑娘；她的妈妈大约50多岁，披头散发，衣服褴褛。王大山猜测这对母女一定也是苦命之人，便走过去和她们攀谈起来。母女俩见来人身着打扮，也许是惺惺相惜，便把自己的身世一股脑儿倒了出来。

原来，这对母女本是安徽阜阳人，母亲姓崔，女儿姓韩，叫韩草儿。女孩儿的父亲成人后便给地主家打长活，一天赶马车往地里送肥，路上辕马受惊，拉着马车狂奔，眼看要轧到路上一个担菜的老人，女孩儿父亲猛拉笼头，惊马前蹄高高扬起，又狠狠落地，不偏不倚，正好踩到女孩儿父亲的腹部，医生说肝脏破裂，三天后不治身亡。

女孩儿母亲前去东家讨要工钱和丧葬费用，地主老财不但分文不给，还说死者下葬的棺材是用他家上好的木材做成，除去工钱和材料费，韩家还欠东家一百现大洋，还硬逼着韩家还钱。没了男主人，母女俩吃了上顿没下顿，哪里有钱还债？这时，狠心的地主老财硬逼着韩家把女儿韩草儿许配给自己的傻儿子，并单方面择定了娶亲的黄道吉日。没办法，韩家母女便连夜逃了出来。

同是沦落人，相见倍觉亲。三人在一座破庙里安顿下来。白天韩草儿躲在庙里，不敢出来，生怕被地主家的狗腿子发现；草儿妈和王大山以母子相称，结伴沿街乞讨，三人以此艰难度日。

屋漏偏遇连阴雨。一天，不知是吃了什么不干净的东西，还是心情郁闷压抑，韩草儿妈清晨起来刚跨出庙门，便一头栽倒了，不到半个小时就断了气。王大山和韩草儿两人掩埋了死者，继续过着乞讨的日子。

1949年的一天，王大山去镇子上乞讨，见人们排着长队举着红旗，敲锣打鼓沿街游行，一打听才知道毛主席在北京天安门城楼庄严宣告：中华人民共和国成立了！中国人民从此站起来了！他赶紧跑回破庙，把这个喜讯告诉了韩草儿。那天夜里他俩几乎一夜未眠。王大山想：北京郊区老家也许解放得更早些，村里没有了日本鬼子、国民党反动派和地主老财，穷人再也不受欺负了，于是他开始想家了，想回到生他养他的那片土地上；韩草儿想：反正自己阜阳老家也没亲人了，不如嫁给王大山，然后和他一起回到他的家乡，共同度过余生。

风月同天，苍天牵线，命运与共，心手相连。在观音菩萨的见证下，王大山与韩草儿两人喜结连理。一个阳光灿烂的早晨，王大山和韩草儿踏上北去的列车，朝着王大山的故乡进发了。

离家出走十余载，活不见人死不见尸，村里人以为王大山早已不在人世了，突然带个媳妇归来，全村人都感到意外和惊喜。经简单介绍，乡亲们才知道，十几年来王大山为了躲避日本鬼子追杀，逃荒流落到安徽阜阳地面，巧遇韩草儿母女的前前后后。不巧的是，王大山晚归一步，村里地主的土地和浮财都已分完了。他同胞大哥提出让王大山到自己家住，和自己共同耕种刚刚分得的土地。村干部认为这不公平，何况王大山大哥家的房子也不宽裕，经研究决定，云盖寺庙宇是村公所的办公地点，西跨院还有两间闲置房子，就作为王大山夫妇的暂时落脚之地。至于土地问题，待报上级研究之后再做定夺。

贸然回乡，王大山自感给村干部、家族、乡亲们添了麻烦。其实，他们两口子回乡之前就早有打算：王大山祖上开过豆腐坊，以卖鲜豆腐、炸豆腐等豆制品为生；韩草儿听奶奶和妈妈讲过，家乡的八公山豆腐很有名，还有一种叫“撒汤”的民间小吃，奶奶在世时曾做给全家吃过。南北结合起来不就是一道美食吗？夫妻俩想，回到北京郊区老家不管有地没地，只要有个睡觉的地方就行，两人经营个“炸豆腐丸子汤”小买卖，不照样可以生活吗？于是，他俩向村长表态，有这两间房子住就满足了，地不要了。

经过一个多月的紧张准备，王大山夫妻俩的买卖开张了，名字就叫“八公山炸豆腐丸子汤”，其中豆腐、丸子都是南北工艺结合而成，其汤汁按阜阳“撒汤”，鸡骨原料熬制而成。清晨，王大山把煮好的汤锅担到庵庙前的平台上，一边吆喝，一边等客人前来品尝。

王大山的摊点很别致：一根扁担挑两个竖高形木柜，其中一个柜子底层放一只火炉，火炉上面是一块铁板，铁板四周由一掌高的木板围起，铁板中间挖一圆洞，上面坐一铁锅，铁锅四周扣着几只瓷碗，一个装筷子的竹筒；另一个柜子分上、中、下三层，上层和中层分别放酱油、醋、香菜、紫菜、虾皮、韭菜花、胡椒面等佐料，都用木块隔开，最底层放一只水桶，供往汤锅里加水和刷碗筷所用，整体看上去整齐有序，干净利落。

没有不开张的油盐店。王大山的摊点刚摆好，就有几个下地干活的村民前来品尝，仅一个多小时，第一锅炸豆腐丸子汤就卖光了。品尝过的人们都说王大山的炸豆腐丸子汤料全汁鲜，既有老北京郊区小吃的味道，还有一种说不出的味道，吃了还想吃。一位常进北京城里盘货的客商说，别看咱这是穷乡僻壤，王师傅做的炸豆腐丸子汤不比城里的老字号差。还有一位从南方过来的客人吃了一碗王大山的炸豆腐丸子汤，没走出几步又折回来再吃了一碗。他说：“没想到我在这里尝到了家乡的味道，以后路过此地，我还会来吃这个！”是啊，他哪里知道，王师傅的媳妇儿就是地道的南方人，他们做的炸豆腐丸子汤融入了北京城里老字号的馄饨汤和淮河岸边“撒汤”的味道啊！

采得百花成蜜后，为谁辛苦为谁甜。王大山夫妇想得很简单又很深刻：解放了，不再受“三座大山”的压迫了，虽没赶上村里分房子分地分浮财，可是摆个炸豆腐丸子汤小摊儿，日子过得冻不着饿不着，这就很自在、很幸福。要是混好了、有能力了，千万别忘了共产党和毛主席的大恩大德，别忘了村干部和乡亲们的好啊！

夫妻俩不仅是这么想、这么说的，更是这么做的。你看，他们早晨出摊儿，中午不撤摊儿，抽空吃一碗炸豆腐丸子汤就接着卖，下午太阳落山前收摊儿回家，准备第二天的食材。收摊前锅里的炸豆腐丸子汤剩多剩少都不往回带，全部送给在那里晒太阳聊天的老人和做其他生意的人们吃。夫妻俩说，没卖完的东西就是剩货，放一宿就更不新鲜了，再担出去卖钱对不住客人，倒掉又浪费东西了，都是粮食做的呀，分给在场的人吃，大家受益，自己心里也踏实。

是啊，王大山两口子确实心地善良，没把钱看得太重。一个小小的炸豆腐丸子汤摊儿，除了水、人工不花钱，其余食材、工具、佐料、燃料，哪样都是花钱买的，忙活一天满打满算能挣几个钱？然而他们不想这个，只求混个肚圆，图日子过得舒坦。

一天早上，王大山刚把摊子支好，村西刘家老太太一手拄着拐杖一手拿一只粗花大瓷碗来到摊儿前说：“掌柜的，我买半份儿炸豆腐丸子汤，您给多加点汤行吗？”

“您是大人吃还是孩子吃？大人吃的话半份儿不够啊！”王大山问。

“我八岁的大孙子吃。昨天他发了一天烧，又闹腾了半宿，天快亮了才睡下。我趁他还没醒，出来买碗汤给他补一补。”刘老太太解释说。

王大山明白了，赶忙从老人手中接过粗花瓷碗，盛了满满一碗炸豆腐丸子汤。

就在王大山往碗里加汤的时候，刘老太太解开衣襟，从内衣兜中取出五分钱递了过去。王大山右手递过去盛满炸豆腐丸子汤的碗，左手把老太太递钱的手推了回去，说："钱您收回，这碗汤是我送您孙子的。他吃了这碗汤，发发汗，兴许感冒好得更快些。"

推让半天，王大山硬是不肯收钱。刘老太太只好端着汤一步三回头地走了，边走边自言自语地说："好人哪，好人总会有好报的！"

姜财老人唯一的儿子姜有志早年参加八路军，打鬼子英勇顽强，又在解放战争中随军南下作战，多次立功受奖。1950年朝鲜战争爆发，姜有志又随部队北上，跨过鸭绿江抗美援朝保家卫国，在一次战斗中英勇献身。从此，姜财老人作为烈士遗属，一直受到县、乡、村各级政府照顾。前几天老人患了一场大病，尽管各级政府千方百计救治，但最终还是没有抢救过来。尸体停放在老人门前的街道上，村里请来一队吹鼓手，吹吹打打热闹了三天，全村人前来为老人烧纸送行。乡亲们说：老人的独生子为了中国革命和世界革命献出了宝贵的生命，英雄的遗属理应由我们"活养死葬"，负责到底。这"我们"二字里，包括王大山夫妇。那三天，王大山没有出摊儿，两口子从早忙到晚，负责为姜财老人料理后事的人们做了几十锅炸豆腐丸子汤。王大山说，吹喇叭敲鼓我不会，打坑（下葬用的土坑）抬重（抬装尸体的棺材）我没那么大力气，只能多做几锅汤，为大家补补身子提提神，也算是为英雄父亲做点贡献吧。

还是在王大山汤滩儿开业的那年秋天，村里三位青年应征入伍，加入中国人民解放军的行列。名额确定下来后，村干部白天在小学校召开了小型座谈会，听取三名应征者谈感想，谈对村委会有什么具体要求。晚上，村里出钱专门请县放映队在老戏台前放了一场露天电影，代表全村父老乡亲欢送三位青年走上保家卫国的光荣岗位。那几天，王大山两口子也在冥思苦索，我们能为三位有志青年做点什么呢？思来想去，还是想到了自己的本行。于是，三位青年整装出发前的一天晚上，两口子把三位青年和他们的家长请到村委会，由村长主持请他们品尝自己做的热气腾腾的炸豆腐丸子汤。席间，两口子当着村干部的面儿说，这碗汤就当是壮行酒，为三位有志青年壮行。有这碗汤壮行，三位青年到部队多多立功，为家乡人增光添彩。往后只要我们两口子不倒下，凡征兵季咱村儿有青年应征入伍，我们都做炸豆腐丸子汤为他们壮行，用实际行动证明我们村的村民个个爱党爱国，人人敬武敬军……

一轮明月高高地挂在头顶，中秋的夜晚清爽无氤。

阵阵鼓掌声、欢笑声不时从村委会办公室里传出，随着微风传遍全村，飘向空中——

那是对三位青年志存高远、甲兵在胸精神的褒奖！

那是对王大山夫妇位卑不俗、天地淡然品质的颂扬！

刘四奶奶

在北京协和医院，有一位享誉国内外的女医生，叫林巧稚，她一生未婚，却亲手接生了五万多名婴儿，去世前一天还接生了六名婴儿，被人们赞誉为“万婴之母”“中国医学圣母”。

在我的家乡，也有一个这样的女人，她虽没有林巧稚那样的妇科医学造诣，却像她那样最爱听婴儿的哭声，一生为全村接生无数，无论她年轻时还是垂暮之年，在村里没人叫她名字，都喊她“四奶奶”。

四奶奶17岁那年从山里嫁到我们村，因为她在娘家排行老四，嫁到我们村后丈夫也排行老四，又会为乡亲们接生纳福，所以全村大人小孩儿都顺理成章地敬称她为“四奶奶”。

四奶奶的接生手艺是从她娘家妈那里学来的，说起来还挺曲折的。

四奶奶娘家在大山里，离我们村儿足有30里路。那个年代的农人没有文化，不懂得优生优育，日出而作日落而息，白天在田里侍弄庄稼，夜里上炕造孩子，有的夫妻一辈子生了十几个孩子。由于山里闭塞，往往几个村子只有一个接生婆，不是同时有几家要生孩子，接生婆忙不过来，就是路远耽误了时间，所以婴儿死亡率极高，十个婴儿存活六七个就不错了。四奶奶娘家妈看到那个社会山里人生孩子不易，做姑娘时就看接生婆接生。为这事，四奶奶的姥爷姥姥没少骂她妈：“挺大个姑娘看别人生孩子，不嫌害臊？”四奶奶娘家妈回答：“我将来也要当接生婆，为了别人，也为了自己，我要保孕妇生孩子时能母子平安。”就这样一来二去，四奶奶娘家妈学会了接生，担起了村里的接生任务，成了远近闻名的接生婆。

随着四奶奶长成了大姑娘，她妈对她说：“往后跟着我学接生吧！”四奶奶不干：“我才不学那个呢，脏兮兮的，恶心死人啦！”

“说什么呢？什么脏啊恶心啊，这可是积德行善的事，是送子观音干的事，没有人接生，人还能延续吗？国家还能存在吗？”

四奶奶经不住她妈终日唠叨，只能跟着母亲为东家西家接生，到了她出嫁的年龄，已经熟练地掌握了那套接生技术。

那时农村没有婚检一说，育龄产妇从怀孕开始，守着自己的肚子一天天变大，直到生产那天，把接生婆请到家，一阵忙活，孩子呱呱坠地，发出哭声算是得了个活物，慢慢养大；听不到哭声，孩子死了，扔进“乱葬岗子”了事。

四奶奶嫁到我们村不到一周，她本家一个叔伯嫂子就要生产了，村里唯一的一个接生婆正重病在床，动弹不得，邻村的一个接生婆又刚被一产妇家接走，这可急坏了叔伯哥一家。

就在这火烧眉毛的时候，四奶奶对婆婆说：“叔伯嫂子要生产了，请不到接生婆，正着急呢，我去试试行吗？”

听了刚过门的儿媳妇儿如是说，婆婆愣着了：“我知道亲家母会接生，没想到你也会？那好，赶快去，救人要紧！”

四奶奶的新婚丈夫本来不想让新媳妇儿干这个行当，见母亲支持，也只好顺从了。

叔伯嫂子一家正急得团团转，四奶奶主动上门了，自报为嫂子接生来了。她看了看产妇的情况，知道是第二胎，属于正常生产，于是安慰叔叔婶婶放宽心，说自己能把孩子平安接出来。倒是叔伯哥哥满脸疑云：“弟妹呀，这可是人命关天的事儿，开不得玩笑啊！”

四奶奶一边吩咐叔伯哥哥去烧锅热水，一边叮嘱他把心放在肚子里，并招呼全家把产妇抬到炕沿边，然后让大家退出去，自己挽起袖子，开始操作起来。

学着娘家妈的样子，四奶奶不慌不忙，一步步指挥着产妇提臀、吸气、用力……大约过了一个小时，屋里传出一声婴啼，产妇顺利生下一个男孩儿。不由分说，全家人拥进屋里，争看四奶奶双手托举着的大胖小子，欢笑声从门缝里传出，打着旋儿飘出院子，传向村街……

叔伯哥家添丁进口，又是个大胖小子，这个喜讯并没有引起人们太多注意，因为生孩子在农村里是平常事，倒是村里出了个新媳妇儿接生婆成了爆炸性新闻。

“我们村又多了个接生婆，往后再不为生孩子发愁了！”

“听说是个新媳妇儿，这回好了，一老一少，后继有人啦！”

“听说手艺不错，蛮让人放心的呀！”

“那是，人家坐科向自己的老妈学的，手艺能差吗？”

……

村里出了个年轻接生婆，这个头号新闻在村里街谈巷议了好一阵子。也就是从那时起，四奶奶正式上任成了我们村第二个“在编”接生婆。

四奶奶家住村北，那个老年接生婆住村南。此后，村北部的妇女生孩子都主动找四奶奶接生，这样一来，那个老接生婆的负担减轻了一半，有时候她忙不过来，四奶奶还主动跑到村南去帮助人接生，她说自己年轻身体好，忙一点累不着。

新人有新章法。四奶奶自正式“上任”开始，给自己也给别人立了一套规矩：第一，从称呼上她不准别人叫她接生婆，要叫她助产士。她说，接生婆是农村祖祖辈辈传下来的对接生人的称谓，有不被尊重之感。实际上，接生是个光荣、伟大、神圣的职业：如今解放了，接生人再不是被人看不起的婆子，所以应按照城里人的称呼叫助产士，和医生护士一样，是一种专门的职业。第二，不脱产。劳动和接生是同等重要的主责主业，刚解放时各家各户单干，她作为家里的一员，全程参加春种秋收，农闲时和婆婆在家忙家务。成立互助组和人民公社后，她参加集体劳动挣工分，年底参加分红。其间，谁家生孩子，随叫随到，绝不误事。第三，但凡去谁家接生，空手去空手回，绝不收一分钱一件物，连一口饭也不吃。说空手回是真，空手去则不完全准确，接生用的剪子什么的，她均自带，并准备好一缕系住红布条的青麻，接完生后随手挂在月子屋门上，告知屋内女人正坐月子，来人勿进。第四是登记造册，全面掌握全村育龄妇女的孕情，晚上屋里屋外忙活完后，她走街串户上门家访，了解每个育龄妇女已有几胎，是否怀孕，什么时候怀上的，根据怀孕时间推算产期，一一记在一个专用的本子上，根据统计的情况做好计划，周密安排，防止措手不及。实行计划生育那些年，她不仅要统计这些，还要宣传优生优育知识，每天忙得不可开交。

按新章法行事，四奶奶改变了千百年来农村接生的陈规陋习，受到全村男女老少的广泛称赞和普遍欢迎。

村西二憨媳妇比四奶奶晚嫁到我们村整半年，结婚前二憨妈因病去世了，家中只有小两口和二憨爸。四奶奶知道两个大男人不懂得女人那些事，一连几天晚上把二憨媳妇儿约出来，边在村边散步边向她讲女人如何怀孕、怎样保胎等生理知识。二憨媳妇儿红着脸听，却点点滴滴记在了心上，不久便真的怀孕了。快到生产那阵子，四奶奶几乎天天晚上跑二憨家一趟，告诉二憨两口子该准备什么、该注意什么。二憨两口子纳闷：“你怎么知道我们快生了？”“算呗，从你们告诉我怀孕那天起，我就算好了大约哪天生。别害怕，照我说的去做，中间有什么不舒服及时告诉我就是了。”四奶奶一遍又一遍叮嘱。

凡事预则立，不预则废。二憨媳妇按照四奶奶的交代，一切都准备妥妥的。不前不后，正是四奶奶计算的那天，二憨媳妇儿顺顺当当产下一个胖闺女，全家高兴得合不拢嘴。二憨爹说："俺家祖上缺女孩儿，几辈没姑奶子，到二憨这辈有了，圆满了。"

二憨家顺利添丁，进一步提高了四奶奶在村里的声誉，更加奠定了她在村里接生的地位，原来迷信村南老接生婆的孕妇，都主动找四奶奶接生，这更激发了四奶奶的积极性。她下决心，要更好地为村里人服务，把接生事业做得更加完美。

村西顺子结婚三年了，媳妇儿还没有"动静"，急得婆婆连着三个晚上跑到四奶奶家，求她给儿媳妇儿"点拨指导"。四奶奶拍着胸脯说："只要双方身体没毛病，我保您明年抱上大孙子。"

送走了顺子妈，四奶奶把顺子媳妇儿约到村边的打麦场上聊天，向她介绍夫妻生活的注意事项，介绍自我调养的方式方法。

月光下，顺子媳妇儿的脸一阵阵发热泛红，不知是害羞还是心急，然而四奶奶的话她听在耳里也记在了心上。半年后，她真的怀上了，全家人兴奋不已。

怀是怀上了，能不能保住？能不能保证胎儿健康？四奶奶不敢怠慢，又连续找顺子媳妇儿聊天，教她许多保胎方法。

在四奶奶的具体指导下，顺子媳妇儿顺利度过妊娠期。谁知生产那天遇到点儿不测：那天顺子媳妇儿正好在五里外的娘家，那是一星期前顺子丈母娘病了，顺子媳妇儿不放心，非要亲自去看看，于是拖着重身子来到娘家。兴许走路累着了，再加上心里着急，原打算住一夜就回，谁知当天夜里就觉得肚子不对劲儿，娘家村里没有接生婆，急得娘家妈直掉泪，赶紧吩咐小儿子跑步通知女婿来接人。

屋漏偏遇连阴雨。顺子内弟刚出村，天空阴云密布，还没到姐夫家，大雨倾盆而下。顺子见内弟冒雨慌张而来，知道是媳妇儿出现了情况，二话没说，赶紧从邻居家借来一辆手推车，直奔四奶奶家。听明情况后，四奶奶从炕上爬起来，收拾好所用工具，随顺子和他内弟消失在雨夜里。

雀鸣不乱幽人梦，日夜无尘耀苍生。四奶奶进得屋来，镇定自若，看了顺子媳妇儿的临盆情况后，一边做安抚工作，告诉全家产妇一切正常，不要着急，做好配合就是了，一边有条不紊地做接生准备。

不到一个小时，一个又白又胖的大胖小子来到世上，母子平安。顺子媳妇儿一家由担惊受怕瞬间变成喜出望外，这才发现四奶奶额头上的头发湿漉漉的，不知是汗水还是路上被淋的雨水，着实让人心疼。

在四奶奶的接生生涯中，最让她记忆深刻的是刘二媳妇儿生孩子。

刘二是刘喜家的二儿子，刘家老大因在娘肚子里发育不全，生下来就落了个嘴歪眼斜、双脚外翻的残疾，三十大几了，也没人给张罗个媳妇儿。似乎上天把聪明劲儿都给了弟弟，刘二生下来就聪明伶俐，不到十个月就能站立，一岁刚过就会说话，小学只读了四年就上了中学，因家境不好，高中只读了一年就辍学回家参加了劳动，从他十五六岁开始，左邻右舍亲戚朋友就给他介绍对象。刘二爹妈考虑孩子还小，筋脉还不壮实，推说过20岁再说吧。22岁那年，乡里抽工到县上修水库，刘二被抽去了，在水库工地上认识了镇上的二丫姑娘。二丫姑娘初中毕业后也是因为家境不好，回乡务农了。她虽生在农村，这些年出落得水灵灵的，皮肤白皙，浓眉大眼，两条辫子拖到屁股。自打她回乡务农那天起，多少保媒拉纤的人上门提亲，把她家的门槛都快踢破了。也怪，二丫见都不见一个。她说，我爸妈劳苦了一辈子，我刚能干活儿，怎么也得干几年把家里的日子过好些再谈婚事。谁知在水库工地，她和刘二同时被抽到乡里宣传组工作，两人一起出入工地采访好人好事写成广播稿，交到水库工地指挥部广播站向全工地广播。一来二去，两人产生了感情，水库修成了，两人的婚事也定了。这不，眼瞅着头胎娃要生了。

这对新人的孕事早就记在了四奶奶的小本子上，她隔三岔五就去刘二家询问二丫的妊娠反应。快八个月时，四奶奶加大了家访密度，反复向二丫交代之后的注意事项。

天有不测风云。谁料前一夜下了一场雪，二丫早起上厕所，刚出屋门，踩在冰雪上的一只脚滑了，整个身子倒在了地上。刘二听到屋外有响动，自感大事不好，急忙跑出屋外把媳妇儿抱到炕上，爸妈也跑过来查看情况，吩咐刘二快去请四奶奶过来看看要紧不要紧。

那年，四奶奶已是花甲之年，行动已不如年轻时利索。听刘二讲述情况后，她感到事情严重，人命关天，顾不得吃早饭，立即收拾工具，随刘二赶到他家。经查，二丫下身未见红，也就是说没有流产，这才松了口气。然而，接下来一听肚子，听不到胎音，左左右右听了几遍，还是听不到胎音。

“不好，赶紧送医院！”四奶奶急了。

那个年代，村里没有一辆汽车，连拖拉机都没有，谁家遇到急事都是借用生产队的马车。刘二爹亲自出马找到生产队长借用了一辆马车。家人考虑四奶奶年纪大了，怕她一路颠簸累坏了身子，让她在家里听候消息。四奶奶死活不同意，说：“二丫从怀孕那天起，我就跟踪了解，情况我最清楚，到了医院我可以向医生说明所有情况，这对医生制订处理方案有帮助。再说，咱村离县医院有20里路，万一路上出现什么情况，我也好帮助处理。”大家拗不过她，最终四奶奶还是跟车去了县医院。

医院的几名专家听了看了孕妇的情况，一致认为因外力作用引起胎死腹中，必须采取人工与机械融合引产术。

上了手术台，一切听天由命。四奶奶作为村里的义务助产士，了解产妇情况，经请示院领导特批她参观了此例引产术。由于计划周密，医术高强，二丫腹中死胎很快被顺利取出，产妇生命体征一切正常，刘二全家这才彻底松了口气。四奶奶更是高兴，一是庆幸二丫平安走下手术台，二是自己又多学了一手，知道遇见这种情况该如何处理。

当然，在四奶奶的接生实践中遇到的难题何止这一件，可以用“数不胜数”这个词来形容。比如她曾碰到过不止一例不足月就生产的，也碰到过超过预产期半个月才生产的，还有双胞胎、胎位不正等情况，却都被她顺利解决了。说起这些，四奶奶很有成就感。

随着年龄的增大，四奶奶越发感到为人接生有些力不从心了。还好，她的女儿也出落成大姑娘了，她有意让女儿接自己的班。开始女儿不同意，说这营生脏兮兮的，名声也不好听。

四奶奶像当年自己的母亲动员自己那样，天天给女儿讲道理，每次出去接生都拉着女儿一起去，让她体会乡亲们对接生人的敬重之情，体会亲手迎接鲜活生命的神圣感，聆听婴儿第一声啼哭的美妙和幸福之感。慢慢地，女儿理解了妈妈如此热心接生这一行当的真正原因，从此每次妈妈出去接生，她都伴随左右，一方面护佑妈妈，一方面学习技术，争取尽快接妈妈的班，让她颐养天年。

四奶奶真心真诚真情为乡亲们服务，博得了村里人广泛赞誉和爱戴。不少家庭祖孙三代都是四奶奶接生的，人们送礼她不收，请吃她不去，没办法，人们用早年农村流传的“认亲”办法来报答她：新生儿出生后，不管四奶奶同意不同意，也不管举不举行仪式，都主动认她为“干妈”，掐指算来，四奶奶在村里的干儿子、干女儿足有上百个。她没指望得什么济，倒是每年春节压岁钱送出去不少。

四奶奶90岁那年春上得了一场重感冒，从此卧床不起，把村里接生的任务完全交给了女儿。

听说四奶奶病了，全村几乎家家派人前来探望，有的送来鸡蛋，有的到集市上割来猪肉，还有的把自家正在下蛋的母鸡杀掉，炖成鸡汤端来。十几个年长一些的妇女看到四奶奶长时间卧床，担心生疮和肌肉萎缩，自发组成“关照”小组，每两人一班，轮流上门为四奶奶擦身子、做全身按摩。

毕竟年老体弱。尽管家人和乡亲们百般照料，四奶奶还是未能抗拒自然规律，半年后西归了。那时还没有实行殡葬改革，应广大群众的要求，村委会专门开会研究，选了一块背风向阳的地段作为四奶奶的墓地。为了方便乡亲们前来祭奠，灵堂设在四奶奶家门口的大道上，花圈素帐摆挂大道两侧，灵柩两旁挂着村里顶尖贤士撰写的两副挽联：“慈颜已逝夕阳远，懿范自随口碑传。”“忠魂不死萦萦依故土恩泽四海，大德无量浩浩荡原乡功高九天。”

在停尸三天的祭奠活动中，全村人几乎都前来祭拜过。这还不足以表达乡亲们对这位托举生命太阳的老人的敬重与尊崇，其间发生的三件事让人感动不已。

一是为“打坑”（挖埋逝者的坟坑）吵翻了天。村里死了人，一般都是本家族年轻人把下葬用的坑挖好，祭奠三天后尸体下葬入土为安。四奶奶家是村里的大户，侄孙一大群，打坑时本家族的人都用不开。然而，乡亲们不管这个，争着抢着报名要为四奶奶打坑。他们说，我们家祖辈三代都是四奶奶亲手接到这个世上的，平时她连一口饭都不肯吃我们的，如今她走了，就让我们最后为她做点事吧……没办法，四奶奶的大儿子只好给大家分工：有的家只出工具不出人，有的家只出人，并限定只出一人；出人的搞轮换制，每人只干一小时。即使这样，墓地还是集聚了黑压压一大片人，你争我抢干得热火朝天，生怕对四奶奶的感恩之情表达不充分。

二是为“抬重”（抬装逝者的棺材）争红了脸。早年间农村死人下葬时，一般人家四人抬棺，都是左邻右舍帮忙直接把棺材抬到墓地入土。有钱的大户人家就不一样了，大都是8人抬或16人抬，棺材外还要套上彩色棺罩，由吹鼓手在前面吹吹打打开道，送葬队伍高举纸人纸车、纸牛纸马，待棺材入土后将

“纸活”烧掉，意为给死者在阴间享用。四奶奶出身普通人家，然而乡亲们非要将她的葬礼办得隆重些。这不，32个青年早就自愿组成“抬重队”，要“轮换抬重”送四奶奶最后一程，尽管另外一些人争红了脸，他们就是不同意别人加入“抬重队”，只能做“候补队员”。

三是为“扶棺”（送葬时在两侧用手扶着棺材）磨破了嘴。农村送葬扶棺材一般都是自家亲人，表示送逝者最后一程。然而为争着为四奶奶扶棺，一群人争先恐后找到四奶奶家人说合，尤其是四奶奶嫁过来后接的第一个孩子的父亲，也就是四奶奶的叔伯哥哥，还有二憨、顺子、刘二等，简直快磨破了嘴。他们说，没有四奶奶就没有我们家的今天，是她老人家给了我们完整美满的家。对我们来说，四奶奶不是亲人胜似亲人。如今她走了，我们扶棺送她一程合天理、顺天道……

就是这样，几乎全村人在一片吹吹打打的锣鼓声和悲悲切切的恸哭声中，送走了一世用真情托举生命太阳的四奶奶。

生活又回到了原点，村里又回到了往日的宁静。然而，四奶奶在全村每个人的心中却种下了永恒的种子：

爱人多容，可以得众；

送人玫瑰，手留余香；

得道多助，好人好报；

乡野俗民，情感细腻，最讲天道，最懂感恩……

高人李二爷

中国古典名著《水浒传》中有个军师名叫吴用，满腹经纶，足智多谋，通晓文韬武略，自喻诸葛孔明，一生策划无数妙计奇谋，其中“智取生辰纲”“智赚玉麒麟”“巧用双掌连环计”“巧使番犬伏窝计”等故事广为传诵，人称“智多星”，成为人们心中智慧的化身。

在我的故乡，也有一位聪慧超群、足智多谋的人物，人们都叫他乡野高人李二爷。

李二爷出身贫寒。卢沟桥事变第二年秋天，他的父亲被日本鬼子抓去修炮楼，半路以闹肚子解大便为由钻进玉米地里逃跑了。鬼子追到李二爷家，硬叫李二爷的爷爷交出儿子，李二爷的爷爷说儿子被抓去修炮楼了，一去再没有回来。鬼子不相信，硬是把李二爷的爷爷和奶奶枪杀了。那年李二爷还不满五岁，靠左邻右舍接济过活。家乡解放那年，李二爷已满16岁，能顶门立户了。他不想再给村干部和乡亲们添麻烦了，决心自食其力，靠自己的双手养活自己。自此，他先后到煤矿背过煤，到货站扛过货包，做过小本儿生意。闲暇时，他跑到小学校、中学校偷听老师讲课，买来文化课本自学，还阅读了多种国内外古典文学名著和自然科学方面的书籍，知识逐渐丰富起来。

随着年龄的增长和阅历的增加，李二爷的聪明才智越发突出地显露出来。别看一个几百户、几千人口的小村庄，生产生活、吃喝拉撒、两口子吵嘴、邻里间打架等杂事琐事天天发生，有些事情看起来很简单，解决起来还真不那么容易，弄不好惹出乱子，甚至打官司出人命。还好，村里出了个高人李二爷，村干部有什么难办的事情请他一点拨，妥了，全解决了。我高中毕业后参军离开了家乡，童年和青少年时期听到见到过许多关于李二爷的传奇故事。

巧分无主树

村东刘家和赵家比邻而居，两家屋与屋中间有一棵一搂粗的老槐树，树冠高大浓密，像一把偌大的天篷，把两家的房屋遮盖得严严实实，夏天防日晒，冬天挡风寒，两家住屋冬暖夏凉。特别是每到春天，槐花盛开，香飘满街，蜂飞蝶舞，美不胜收。

刘家计划明春翻盖老屋，此树正好替换老屋已经裂开的那架明柁，于是找来亲戚帮忙砍伐这棵老槐树。赵家见刘家这个举动，说这树是他家的，刘家没权利伐树，硬是双手搂着树不让伐。

一家坚决要砍，另一家死活不让伐，相持不下，闹到了村委会。王村长与刘、赵两家主人年龄相仿，从记事起就知道有这棵树，究竟是风刮树籽落地自然生长，还是刘、赵两家祖上哪家栽的，谁也说不清楚。村长一时做不出公正裁决，劝说刘、赵两家主人先回去，等自己调查清楚再做裁决。

说是调查，向谁调查？双方老人早都过世了，左邻右舍上年纪的人也都没了，怎么办？村长想起了高人李二爷，当天晚上专门到他家讨教解决此事的办法。

第二天上午，王村长亲自带领六名村民和一辆马车来到刘、赵两家门前，三下五除二把这棵老槐树伐倒，直接拉到了村委会大院。

当晚，王村长把刘、赵两家主人叫到村委会，当面锣对面鼓对他俩说："你们二位都说这棵树是自己家的，可又说不出充分理由，用法律词儿说就是证据不足。我私下里打听了一圈儿，也没人能说清楚这棵树到底该归谁所有。村委会觉得这事儿早晚要解决的，趁你们两家主事儿的人还健在，今天就彻底了断了吧。村委会的意见是这样的：今天，村里出了六个工、一辆马车，合计工钱300元整。你们俩商量一下，谁要这棵树谁就掏400元钱，其中300元是伐树拉树的人工和车马钱，另100元是给没要树那家的补偿。"

王村长说完，刘、赵两家的主人都没有马上表态，心里盘算：这棵树满打满算值不了200元钱，拿出400元钱落棵树，不合算呀！

沉默了好半天，还是赵家先开口了："刘哥不是要翻盖房子缺木材吗？这棵树就归你吧！"

"我家老屋明柁虽有裂缝，用鳔胶一粘照样用，不用换新的，还是赵老弟留下这棵树吧！"刘家主人也客气起来。

村长见刘、赵两家主人互相推让，气氛缓和，感到时机成熟了，便说："二位都比我大，都是我哥。我知道二位老哥都是明理讲理的人。既然都不想要这棵树，那就留给村委会吧，正好明年村里要给每个生产队做辆新马车，这棵老槐树是上等材料。村里也不让你们两家白看护这棵树这么多年，决定给你们两家各补助100元钱。二位老哥意下如何？"

"村长英明，照村长说的办！"村长刚说完，刘、赵两家异口同声道。

什么村长英明？谁不清楚这是高人李二爷的"鬼点子"！

智退摘桃童

还是合作社刚组建时，为了尽快发展生产，壮大集体经济，村里引进了一批优质桃树苗。那时村子周边还很荒凉，野猪、狗獾、狐狸、黄鼠狼等野兽经常出没，进村祸害庄稼，偷吃小猪小鸡。为了保护好这片桃园，村里下本钱建起几千丈长的围墙，把桃园围了起来。

由于精心保护，这片桃园从栽上后一棵树苗都没被糟蹋过，全部成活，迅速成长，三年后便挂果了。每年三遍春风吹过，粉红色的桃花开满枝头，在和煦的阳光下轻轻摇动，像童真少女般青春靓丽、婀娜多姿。待花瓣飘落，幼小的果实一天天变大，最终变得鲜亮粉红，薄薄的皮下包裹着香甜如蜜的果肉，让人垂涎欲滴。

围墙挡住了野猪、狗獾、狐狸等这些四条腿的野兽，却挡不住两条腿的人。有一段时间，桃园员工发现伸出围墙外的树枝上的桃子一天天减少，围墙内也有桃子落地，按季节分析，觉得绝不是果实熟透了自然落地，再仔细看看，有几处围墙顶部的砖头石片脱落了。综合分析这些情况，员工得出这样一个结论：人为所致，有人偷桃。

看园人把情况报告给村长。村委会上有人建议在墙头上安装铁丝网，偷桃人爬不上墙，自然保护了桃子。这个意见遭到其他人反对：我们这是桃园，不是监狱看守所，没必要严防死守。再说铁丝网成本太高，没必要在这上面花那么多钱。最终村委会做出两项决定：在原有两名看园人的基础上，再增加两名，分昼夜两班轮流看守；抓到偷桃人，按每个桃子十元罚款。

四名看园人24小时轮流看守，没有抓到一名偷桃人，倒是一名八岁小男孩儿自投罗网了：这个小男孩儿晚饭后从家里溜出来，偷偷爬上桃园一处围墙。由于头顶上的桃子稀少了，小男孩儿伸手摘围墙内的桃子，脚下突然一滑，跌进了围墙里，被看园人逮了个正着。

小男孩儿被送到了村委会。村长从小男孩儿的口中得知果园里丢桃子的事都是像他这般大小的孩子干的，感到事情严重。干部中有人建议召开一次村民大会，点名批评这个偷桃子的小男孩儿，并照章罚款。村长感到这个办法不妥，可是又想不出更好的办法，便请来高人李二爷当参谋。

李二爷说，喜欢登梯爬高、馋吃馋喝是小孩子的天性，这年月家家都很穷，没有钱给孩子买水果和零食吃，村里桃园结了桃子，心里自然算计着摘几个尝尝。在他们的心灵深处，还没有“偷”的概念，只是没向看园人打招呼而已。鉴于这种情况，村里千万不能开大会点名批评或罚款，那样会伤孩子们的自尊心，让他们在大人面前抬不起头来，弄不好还会产生自暴自弃、破罐子破摔的想法。堵不如疏，还是如此这般处理为好……

按照李二爷的意见，村委会既没有召开村民大会点名批评摘桃子的孩子，也没有罚款，而是派了几名瓦工在桃园围墙外每隔十丈远紧贴围墙垒起一个半米宽梯形状的墙垛子，孩子们不用费力就可以登上围墙摘桃子。

工程做完后，孩子们满心高兴：这回再摘桃子可方便了，既不用费力气爬墙，又能保证安全。可转念一想，又觉得不太对头。有的说，这分明是村干部做的局，看似方便我们摘桃子，实际是“引狼入室”，便于抓我们；也有的说，垒墙垛子就等于给我们架梯子，实际上是怕我们爬墙摔伤甚至摔死而承担责任；更多的孩子们说，看园人抓住了那个摘桃子的男孩儿，村里既不开会批评，也不罚款，还费工费时花钱修建墙垛子，看来真的是为方便我们摘桃子吃，真的怕我们爬墙摔伤碰伤，村干部这般关心爱护我们，往后再也不要爬墙摘桃子、用棍棒打桃子了。

议论多多，九九归一。对桃园围墙叠墙垛子一事，孩子们最终统一了认识，同意大多数孩子的意见：体谅大人们的良苦用心，往后谁也不准再去摘桃子。

一年又一年，桃园平安无事，年年丰产又丰收，村长暗赞高人李二爷的妙招——疏比堵好。

孤儿上大学

柱子是个独生子，从小爹妈对他娇生惯养。也难怪，从柱子爷爷再往上数三辈儿，都是辈辈单传。到柱子爹这辈儿，经多次烧香拜佛许愿，40出头儿了才有了柱子，你说能不娇惯吗？

娇惯归娇惯，只是柱子没那个命。在他还不满16岁的那年春上，他爹得了一场大病，由于没钱医治，在炕上躺了半年驾鹤西归了。柱子爹走后，他妈连急带累病倒，一个月后也撒手人寰了。

没有了爹妈，柱子成了孤儿，精神受到了刺激，从此无心学习和劳动，整天东游西逛。爹妈留下的几亩地，他无心耕种，每年撒完种子拉倒，不除草、不浇水、不施肥，顺其自然，收多少算多少。打下的粮食一不碾米二不磨面，铁锅炒麦粒儿、玉米粒儿吃。爹妈留下的两间土坯房破了不修漏了不补，炒粮食没柴火，随便从房檐上扯根木椽子当柴烧。村里没少想办法帮他，曾组织三人帮教小组做他的思想工作，给他讲劳动光荣，讲自己动手丰衣足食，引导他勤俭持家、艰苦奋斗；曾动员他参加互助组，带领他一起耕地、播种、秋收。然而他只新鲜一阵子，没几天又成了老样子。他成了村干部和乡亲们既心疼又讨嫌的人物。

难道就这样任柱子晃荡下去？当然不能。那么，谁又能拯救这个孤儿呢？

“我有个办法，送柱子上大学！”高人李二爷对村长说。

“您可别逗了，柱子连高中都没读，怎么能上大学？”村长笑着说。

“我说的大学不是清华、北大那种大学，是人民解放军大学校。”李二爷赶忙解释。

“不行不行，这些年我们村送去当兵的都是出色的好小伙儿，到了部队也都干得不错，像柱子这样的，怎么能往部队里送呢？”部分村干部提出不同意见。

“怎么不行？柱子出身贫苦，根红苗正，热爱祖国拥护党，遵纪又守法，本质很好，近年来出了一些毛病，有主观原因也有客观原因，这都无碍大局，把他送到部队锻炼几年，保准不会让全村父老失望。”李二爷从柱子的家庭出身、阶级立场、思想品质诸多方面进行了详细分析，又把几年来村里送出去当兵的十几名青年在部队的发展情况做了详细介绍，大家听了觉得在理又靠谱，连连点头表示同意李二爷的意见。

当年底，县里给村里三个参军名额，柱子作为其中一个，通过体检、政审，最终获批。

柱子体会到村干部的良苦用心，再加上自己光杆一人，无牵无挂，到部队后一门心思当个好兵，积极参加政治学习，军事训练刻苦认真，还搞了多项小发明小革新，当年就获得两次连队口头嘉奖，第二年因各项工作表现突出，荣立三等功一次。喜报寄到村里，因他没有直系亲属，村长把喜报挂在了村委会办公室的正面墙上，说等他退伍那天村委会敲锣打鼓送到他的新家。

李二爷笑着对村长说：“看这孩子在部队的发展势头，他还回得来吗？”

村长和在座的其他村干部都笑了，一方面笑柱子在部队干得好，一方面笑高人李二爷的主意“妙”！

对调两队长

村子从解放后就以中间的东西大道为界，分村南村北两个生产大队，村南生产队队长叫刘孜，村北生产队队长叫李斯。

生产要发展，全凭领头雁；生活要搞好，队长很重要。刘、李两队长年轻气盛，抱负远大，都想把自己分管的生产队工作搞好，给各自管辖的乡亲们谋福祉。因此，春种夏锄、秋收冬藏，两人想在先干在前，两个生产队比翼齐飞，年年在全乡20几个生产队中拔得头筹。然而，近两年来，两个生产队不断产生一些矛盾，闹出的动静甚至惊动了乡领导。

有一年，县良种站引进一批优良麦种，村里预订了两千斤，计划大秋过后全村播种这批优良麦种。谁知，村北生产队收完晚玉米去拉麦种时，种子站王站长告知本村预订的麦种只剩五百斤了，那一千五百斤被村南生产队拉走了。

李队长找到村南刘队长说：“谢你了，帮我们拉回了麦种。”

刘队长蒙了：“我没有帮你们拉麦种，谢从何来？”

“是这样，村里向县良种站预订的两千斤麦种，你我两队各一千斤，如今你们拉回一千五百斤，分明有我们五百斤呀！”

“对不起，我没听说我们两队各分一半。再说了，我拉回的种子已经播到地里了。”

“你这不是先斩后奏吗？”

“那又怎样？总不能让我把播到地里的麦种子再刨出来吧？”

两个生产队队长你有来言我有去语，各不相让，越闹越僵，最后竟闹到了村委会。

“这就是你刘队长的不对了，你们两个生产队秋播地差不多，村里预订的麦种本就该各分一半，当初村委会也是这么计划的，你刘队长倒好，不打招呼，直接拉走四分之三播进地里，你让李队长怎么办？”王村长严厉批评了刘队长。

“是这样，我们队今年老玉米早种了几天，熟得早、收得快，趁墒情好抓紧种上小麦，李队长他们昨天才刚收完玉米啊！”刘队长解释说。

“这也不是你先斩后奏的理由呀！”村长怼回了刘队长的解释。

生米做成了熟饭，无法改变现状了。村北生产队李队长只好有多少米做多少饭，其余的地块只能播普通麦种了。

情感上的扣子一旦系上是很难解开的。这不，第二年春天南北两个生产队又发生了一场矛盾，这次险些引起一场械斗。

事情是这样的：这年家乡遇到了50年来未有的大旱，地里的麦苗正是拔节的时候，急需春灌。可是，村里只有前年在村北打的一眼机井，根本浇不过来。没办法，村委会紧急联系县打井队，争取在村南再打一眼机井，可是“临上轿才扎耳朵眼儿”来不及啊，只好两条腿走路，一方面抓紧联系打井队；另一方面人歇井不歇，开足村北现有机井的马力，昼夜不停抽水抗旱保苗。

谁知，说好两个生产队白天黑夜轮换浇地，村北生产队竟近水楼台先得月，不但充分利用本生产队浇地时间，轮到村南生产队浇地的时候，他们也派人偷偷地在水渠上开口子，把水引到本生产队的麦田里，使得村南生产队一天浇不了几亩地。刘队长发现这个情况后，肺都快气炸了，于是组织一帮壮劳力拿着铁锹守候在水渠两侧，只要发现水往村北生产队地里流，有一处堵一处。村北生产队社员见井水哗哗流向村南生产队的麦田里，也派人到水渠两侧看守。结果，你开我堵，我堵你开，双方各不相让，以致动了家伙伤了人，直到乡派出所来人才避免了一场大的械斗。

当晚，高人李二爷不请自到参加村委扩大会，研究处理两个生产队的矛盾问题。会上，有人提议对参与打架的两个生产队的社员提出批评教育，责令做出深刻检查，对两个生产队队长不但要批评教育，还要给予行政处罚。也有人建议，不管是队长还是社员，把带头闹事的整理成材料报到公社和县上，让上级酌情处理。

这些建议合适吗？村委扩大会一时陷入了沉默。这时李二爷发言了，他说："这种会议也许我没资格发表意见，但是我实在不敢苟同上述几个同志提出的解决南北两个生产队矛盾问题的办法。毛主席说得好，政治路线确定之后，干部就是决定的因素。我觉得，不管村南生产队也好，村北生产队也罢，社员都是好社员，问题出在两个生产队长身上。村南刘队长的家族都在村南，左邻右舍世代相交，打断骨头连着筋；村北李队长的情况与刘队长相同。因此，生产生活中无论大事小情，他们免不了要考虑本队的利益，这是人之常情。所以我说，两个生产队间出现矛盾，根子在两位队长身上，一个刘孜，一个李斯，合起来就是‘自私’。要从根本上解决问题，防止出现类似的矛盾和事件，我觉得从两个方面入手为宜：第一是给他们俩办学习班，学习毛主席的教导，从思想上解决问题，变刘‘孜’为刘‘立’，变李‘斯’为李‘公’，合起来就是‘立公’，使他们时时处处想公为公。这个办法王村长已经想到了；我要说的是第二个办法，就是两个队长互相调换，刘队长由村南生产队调到村北生产队，李队长由村北生产队调到村南生产队。这样，无论生产上还是生活上，他们既要努力把本生产队的工作搞好，又要考虑家族和左邻右舍的利益，这样两人和两个生产队还能有矛盾出现吗？”说到这里，李二爷补充了一句，“我这里所说的两个办法，是如何防止今后两个生产队再出现矛盾，至于前面的矛盾和事件如何处理解决，还是由村委会定夺吧！”

李二爷一席话，拨亮了大家心中的那盏灯。从此，南北两个生产队不计前嫌，你追我赶，互帮互学，比翼齐飞，村里的工作又走到全乡的前列。

为了表彰乡野高人李二爷对村里的贡献，在年终工作总结时，村委会专门为他制作了一面锦旗，并请村里乡贤以《浪淘沙》曲牌撰写了一首《致高人李二爷》词，工工整整地印在了锦旗上——

都说村官难，难倒英雄汉，生产生活都要管。一天从早忙到晚，寝食难安。

高人巧解难，稳妥又圆满，全村百姓举指赞。乡野高人李二爷，美名盛传。

是啊，良埌育佳花，高手在民间……

傻孩儿姜百岁儿

村里有个傻孩儿，12岁了还咬字不清，不能说完整的句子，但是“妈妈”两个字叫得最清楚。别看他傻乎乎的，特别好干净，身上穿的衣服虽少不了补丁，但总是平平展展、一尘不染。那时的农村都是土路，赶上雨天，出家门走一趟，整个鞋子、裤腿儿上都是泥土，可是第二天见到傻孩儿时，他从头到脚依然是利利索索、干干净净。傻孩儿还有个响当当的、一般人不敢叫的名字——姜百岁儿。

听大人们说，姜百岁儿和他妈妈是外省人，姜百岁儿三岁那年他爹下煤矿背煤攀爬竖井时脚下一滑跌到了井底摔死了。从此，姜百岁儿娘抱着姜百岁儿走东村串西村乞讨度日。解放那年，娘儿俩正好讨饭到了我们村。村长按照上边的政策收留了姜百岁儿和他娘，让他们在庵庙旁的一间闲置房子里临时安顿下来。村里原打算给娘儿俩分两亩地，因孩子小没人耕种，姜百岁儿妈没有要土地，只分了一些地主家的浮财。

姜百岁儿来我们村时已经五岁了，还不会说话，扶着墙勉强能走几步。据说是姜百岁儿一岁时吃了游医的假药所致，按姜百岁儿妈的话说，孩子能活下来已经是不幸中的万幸了。好歹也是条性命。姜百岁儿妈爱子如命，盼着他健康成长，特意起名儿叫“百岁儿”。

正是为让儿子健康成长、长命百岁，姜百岁儿妈从没有放弃给孩子治病。那些年，她从乡里到县里、市里，跑了多家医院，明知道无良药可医这种病，还是央求医生开药带回去吃。不管村内村外，只要听说有什么偏方验方能治这种病，她千方百计讨要。一次听说30里外的兔儿山大庙里有个道士手中有个方子能治百病。姜百岁儿妈把孩子托付给邻居，独自一人徒步上山，从道士手中抄下了这个方子。离别时道士交代此方中有味剧毒药是根据病情确定药量的，因没见到病人，不敢确定这味药的用量，只能靠自己摸索了。姜百岁儿妈回来后按大、中、小三个量级抓了那味药，熬好后自己先尝，无副作用后才给姜百岁儿服用。然而，不论哪个量级的方子，对姜百岁儿来说都无济于事。这样折腾了几年，儿子的病仍无任何好转。慢慢地，姜百岁儿妈也就认命了。

姜百岁儿妈心灵手巧，靠着给人家做针线活儿养活母子俩。每天太阳升高了，街上暖和了，她拿个小板凳领着儿子，到庵庙前的平台上边做手里的针线活儿边照看姜百岁儿。她不敢让儿子离开自己的视线，生怕他磕着碰着。到中午了，她提着板凳领着儿子回到家做饭吃饭，下午继续到庵庙前边看护姜百岁儿边做针线活儿。由于一心两用，所以一天下来做不了多少活计，挣的钱只够勉强糊口。

“你年纪还不算大，往前走一步找个帮手吧，何必苦着自己呢？”姜百岁儿家的邻居亲眼见他们母子俩生活的艰难，不止一次这样劝姜百岁儿妈。

“百岁儿这个样子，谁肯自找累赘？再说，真的往前走了，人家看不上百岁儿，慢待或虐待了他，我又于心何忍？怎么对得起孩子和他死去的爹？”姜百岁儿妈总是这样回答邻居。

一晃又过去了三年，姜百岁儿已经八岁了，和他一般大小的孩子都陆陆续续上学了。姜百岁儿妈可没有这个奢望，她知道自己儿子的智力发育情况，从没打算送他到学堂念书。她只是想孩子一天天大了，不能让他老守在自己的身边，应该让他到孩子们中间去，多接触同他一般大小的孩子，兴许对他病情恢复有好处。于是，每天下午小学校放学后或星期天，姜百岁儿妈都领他出来，放进孩子们中间，她本人躲在远处看着孩子们的举动和儿子的反应。还好，孩子们都愿意接近姜百岁儿，姜百岁儿也不拒绝任何一个孩子，姜百岁儿妈提着的心也放下了。

一天，姜百岁儿妈正在屋里做针线活儿，隔壁李婶儿风风火火地跑过来喊：“百岁儿妈快去看看吧，一群孩子欺负百岁儿，拿他当马骑！”

姜百岁儿妈放下手里的针线活儿冲出家门，远远看到老戏台前的广场上一群孩子正嬉笑打闹，其中一个和姜百岁儿一般大小的孩子骑在姜百岁儿身上，手拿一根柳树条当马鞭，一边轻轻地抽打姜百岁儿屁股，一边高喊“驾！驾！”跪在地上慢慢爬行的姜百岁儿非但没有恼怒，反而笑个不止，还不时回头瞅瞅骑在他身上的小男孩儿。

“哪里是打架？分明是做游戏。当不当被人骑的马不重要，游戏嘛，孩子高兴就好。瞧，百岁儿不是很快乐吗？这就够了！”姜百岁儿妈自言自语。

一场大雨过后，街上的雨水哗哗地向南大坑流去。本是星期天，孩子们不上学，吆喝着聚在街道上蹚水玩儿。姜百岁儿妈也把儿子领出来放进孩子群里玩儿。

“鱼！这里有鱼！”不知谁突然喊了起来。

鱼呛水而行。有经验的大人知道这是南大坑里的鱼逆水而上来到了街道。孩子们见状蜂拥而上，沿着街道摸起了鱼。姜百岁儿不知道发生了什么，站在街道水中一动不动。不知哪家孩子，情急之中把姜百岁儿撞倒了。幸亏水不深，姜百岁儿很快站起来了，然而浑身上下湿漉漉的，裤子、衣袖沾满了黄泥。一个平时跟姜百岁儿要好的男孩儿立即追上那个撞倒姜百岁儿的男孩儿，一边推搡他一边指责说：“你干吗推倒姜百岁儿？你不知道他有病吗？”那个男孩儿反驳说：“他是你哥还是你弟？关你屁事？”

两人你一言我一语，各不相让，眼看要打起来了，姜百岁儿妈赶忙跑过去蹚入水中拉开了两个孩子，说：“我都看到了，他不是故意撞倒百岁儿的。你们都是好孩子，也都是百岁儿的好朋友，别吵了，快去摸鱼玩儿吧！”

毕竟都是孩子，几个人像什么都没发生一样，又凑到一起围追堵截那条鱼儿去了。

常在河边站，哪能不湿鞋。一个星期天，一群孩子带姜百岁儿到村北那棵老桑树上摘桑葚吃。傍晚时分，那个与姜百岁儿要好的小男孩儿扶着姜百岁儿急匆匆跑回家。姜百岁儿妈发现儿子头破了，鲜血顺着脸颊流到了脖颈上。那个小男孩儿告诉姜百岁儿妈，是一个大个子男孩儿上树摘桑葚，不小心踩断一根树杈，姜百岁儿正在树下捡掉在地上的桑葚吃，断树杈不偏不倚正好砸在了姜百岁儿的头部。那个大个子男孩儿见姜百岁儿头部流了血，吓得赶紧从树上跳下来，一溜烟儿似的跑回了家。他怕姜百岁儿有什么好歹，如实向自己父母讲明了事情。

姜百岁儿妈正领着儿子往村医长生家跑，迎面见大个子男孩儿父母奔自己家来，大个子男孩儿父亲不由分说背起姜百岁儿就跑，边走边说："太对不起了，百岁儿妈，是我儿子不好，伤了百岁儿。"

转眼到了村医长生家。长生检查后说："皮外伤，无大碍，缝几针！上点药，再打个破伤风的针，几天就好了，你们都放心吧！"

姜百岁儿妈倒是放心了，大个子男孩儿的父母可放心不下。他们觉得姜百岁儿本来就不正常，再因为受伤落个残疾，怎么对得起这对苦命的母子啊？于是，他们一方面不停地向姜百岁儿妈赔礼道歉，一方面抢着去交医药钱。

"孩子们一起玩耍，免不了磕磕碰碰。再说，今天的事我知道，是碰巧了，不是故意的，你们别责怪孩子。别说医药费没几个钱，就是再多也不能让您掏啊！"姜百岁儿妈原谅了大个子男孩儿，把医药费还给了他的父母。

斗转星移，天地轮回。村里的人们就这样一天天地生活着。

这年初冬的一天中午，姜百岁儿家突然来了一对陌生男女，经自我介绍，姜百岁儿妈才知分晓：这是邻村一对夫妻，年龄和自己差不多，家里有个独生女儿，和姜百岁儿年龄相仿，自幼患有“羊角风”病，也就是医书上说的癫痫病。两口子对这个女儿疼爱有加。前段时间女孩儿妈妈得了一场大病，这让两口子恐慌起来，想到不定哪天，万一一口气上不来，死了，女儿怎么办？于是，两口子商量，趁自己还活着，赶紧把女儿嫁出去，为她找个依靠。

姜百岁儿妈了解了这对夫妇的来意，深深为他们的处境和心情表示理解和同情，但她考虑结婚是不可能的，不要说双方孩子都重病在身，就是一方孩子正常也不能结合，这是政府规定。于是，姜百岁儿妈从法律角度讲明了道理，婉言谢绝了来人的请求。

事情就这样过去了。没想到第二年开春的一天，邻村那对夫妇又来到姜百岁儿家，进门便说：我们咨询了一些人，他们异口同声说国家确实不允许这样的病人结婚，看来您的意见是对的。不过，我们村的老人说了，像咱们这样的孩子可以“结鬼婚”。也就是说，在他们活着的时候，双方家长确定他们是夫妻，但不领证，不办席，取消一些程序。双方哪家孩子先过世了，要告知对方家长，包括葬在何处，对方孩子也过世后，与其合葬，完成“结鬼婚”。

听了来人叙述，姜百岁儿妈心潮起伏。她从没听说过“结鬼婚”，开始觉得迷信色彩太重，不符合解放了的中国百姓的应有之风。转念又一想，孩子来到世上，包括对方的孩子，本身就没有享受到他们应该享受的美好生活，死后把他们葬在一起，到了那个世界也好有个玩伴，至于结不结“鬼婚”只是个说辞，起码对家长来说是个安慰，也不枉孩子来世上走了一遭。

最终，姜百岁儿妈默认了，与来人签订了孩子的“过世”之约。

20世纪60年代初，我应征入伍参加了中国人民解放军。那年姜百岁儿已经30大几了，他的妈妈还健在，母子俩依然平静地生活着。此后，我再也没有听到过关于他们母子俩的消息，想必早已不在人世了吧？不知道那个“鬼婚”结了没有……

同根同源，同祖同宗，心之相系，情之相融。姜百岁儿母子的故事对我触动很大。它告诉我——

大凡从母体中爬出来的肉体，不管性别何许，不论健全与否，均为生命，都有其生存生活的权利，任何人无权剥夺、诋毁、扼杀他；

有一种爱叫付出，它不求回报；有一种爱叫无私，它愿倾其所有给你；有一种爱叫伟大，它愿一生一世都爱你……这种爱就叫母爱。

正是：白头老母遮门啼，挽断衣袖流不止！

小卖部和它的主人

早年，农村没有商店，各家各户的生产生活用具用品都要到集市上或县城里去买，平时用的油盐酱醋、针头线脑全靠村里的小卖部供应。我们村中心尼姑庵旁的王家就开了一个小卖部，也是当年我们村唯一的一个小卖部。因此，这个小卖部对全村乡亲们来说，就显得十分重要。

这个小卖部面积不大，是王家邻街那两间旧房子改造而成的。主人王四在后沿墙上扒掉两块坯，开了个两尺见方的洞，安上一对小木门，白天小木门敞开迎客，傍晚关门谢客。谁家夜间有急事，需要买东西，小木门照开，东西照卖。小方洞离地一丈高，王四在外墙下面垒起一个三级台阶，大人购物站上去不用弯大腰，小孩子伸手也能接到主人递出来的货品。小方洞内侧靠右放一张用木板搭起来的床，除去外出进货，王四一天到晚守在小卖部，一日三餐都是媳妇儿送过来在那里吃。

别看小卖部面积不大，货可全了，乡亲们平时缺什么小调料、小物件，随时来买，可方便了。有时候来人要的货物店里没有，王四就赶紧记在小本子上，下次取货时保准补上。不知是谁写了几句打油诗贴在小木门外边，是夸赞小卖部方便乡亲们的。诗中写道：王家小卖部，货全摆满屋。要问到底多方便，你可锅热再买油。

是啊，多少次年三十晚上的饺子煮熟了，一看醋瓶子见底儿了；正到饭点儿，家里来了客人，谁知面没一勺米没一碗……凡此种种，小卖部统统都能帮你解决，保你免受尴尬之苦。

王四小卖部不仅方便乡亲们，那里卖的东西也货真价实，保你不会上当受骗。也许是王家世代苦出身，深知农人土里刨食不容易，所以王四卖的东西货真价实。他的货大多是推着独轮车跑20里路从县城有信誉的厂家直接进的，哪怕价格高一些。有时附近小手工厂家上门推销货物，他查了又查看了又看，只要发现哪怕一点点瑕疵，再便宜他也不会要。邻村有家醋坊，进价要比县醋厂的便宜一分钱。一天，王四的一个亲戚提着一桶醋上门推销。王四仔细品尝后，虽没发现大毛病，但比起县醋厂的货还是逊色不少。就在王四轻轻摇头的时候，他的亲戚说出了实情——这家醋坊是与王四的亲戚合办的。

“你帮这家醋坊就等于帮我，况且不白帮，你家一年的用醋我全包啦！”王四的亲戚说。

“包不包我用醋无所谓。我是想，多年来乡亲们吃惯了县醋厂的醋，冷不丁换了货，影响了他们的口味不说，背后还会议论我更改货源准是收了什么好处。影响声誉的事儿我可不干！”最终，王四亲戚的计划泡了汤。

长期做食油和白酒生意的人都知道，同样是液态，油（包括酱油）和酒（包括醋）的浓度不同，比重各异，用“提”（铁片制成的专用工具）从缸里往外舀液体货物时，速度快慢直接影响舀上来的货物重量。提食油时不能太慢，速度太慢“提”中的油会迅速流回缸里；提酒时又不能太快，太快“提”中的酒也会迅速流回缸里。这快和慢都会造成缺斤短两。王四在实践中摸索出了“快打酒慢打油”的经验，保证了卖出去的商品分量十足。

买卖公平、童叟无欺是王四小卖部的又一大特点。一次，村东头栓子的奶奶病了，栓子很着急，背着爸妈偷偷把自己储钱罐里的压岁钱倒出来，一数，三元五角二分，拿着钱直奔小卖部。半个小时不到，栓子抱着一包点心回来了，直奔奶奶的床前。奶奶被孙子的行动感动了，逢人便说：“我栓子心眼儿好，知道孝顺、疼人，将来准有出息。”

话分两头说。栓子买走的这些点心是前段时间取回来的，前天到了保质期，王四昨天刚从货架上拿下放到桌子上，留作自家吃的，谁知这天急着去县城进货，竟忘记对媳妇儿说了。王四媳妇儿见栓子来买点心，把货架翻遍了也没找着，一转身见桌子上摆了一堆，便都卖给他了。王四取货回来，发现桌子上的点心不见了，以为媳妇拿给孩子吃了。转念一想，又觉得不对：孩子一次吃不了那么多呀？他赶忙问媳妇，这才知道是卖给了栓子。王四想：咱这小卖部从开张那天起就坚持买卖公平、童叟无欺，几十年了，在乡亲们心中建立起了很好的声誉，今天怎么能把过了保质期的食品卖出去呢？想到这儿，他当即称了一包刚刚取回来的新鲜点心，让媳妇儿送到了栓子家，并讲明了实际情况。

一天傍晚，隔壁张婶从小木门中递进一只瓶子，要买一斤酱油。王四探出头，告诉张婶，酱油缸见了底儿，有些沉淀物，不能吃了。他让张婶明天上午再来，他一早就去进货。

张婶没有走，对王四说："孩子姥爷刚过来，我说炒两个菜，让老爸喝两口酒，谁知酱油瓶子空了。我等着急用，你从缸里轻轻舀一点儿，够炒两个菜就行。"

王四没再说什么，接过瓶子转身取酱油去了。不一会儿，他把瓶子递出来，告诉张婶："从我家酱油瓶子里倒出来的，先用着，明天上午就有货了。"

张婶接过瓶子，估了估分量，扔下半斤酱油钱就走了。王四追出门去，硬是把钱塞进张婶的手里，说："自家剩余的，救急，哪有收钱的道理！"张婶儿微微一笑，没再说什么，径直回家了。

王四从小没读过几年书，心里却分得清谁好谁坏、谁亲谁疏，向来爱憎分明、立场坚定。

那还是日本鬼子投降那年年初的事儿。一天，一队日本鬼子打了败仗，被追得四处逃窜。中午，王四两口子刚捅开煤火准备做午饭，就听到村东枪声不断，知道日本鬼子快进村了，赶忙把货架上能吃的东西藏进井里，并顺手铲起一锹湿煤倒进熊熊燃烧的炉口里。不到一袋烟的工夫，七八个日本鬼子闯进王四家，先是翻遍了货架，没找到一口吃的，便逼着王四老婆给他们做饭。王四领着一个鬼子来到煤炉前，告诉鬼子刚添湿煤不久，暂时还不能做饭，请“太君”一个小时后再来吃。那个鬼子气得一脚踢翻了炉子，叽叽呱呱不知说些什么，招呼另外几个鬼子一起走了。

王四两口子对日本鬼子是这种态度，对八路军可是另一种情形。一天傍晚，十几个军人行军到村中央老戏台前，在广场上停下来埋锅做饭。王四打听到这是萧克、杨成武领导的平西抗日队伍，便上前问需不需要帮忙。当他近前一看愣住了：战士们的碗里只有小米饭，没有一点菜。原来小分队今晚要夜袭盘踞在县城东北山顶庙的日本鬼子，需减少负重，轻装前进。见状，王四让战士们先别吃，等他回家炒菜。战士们告诉王四，军情紧迫来不及了。王四不由分说，转身跑回家中，把货架上的一罐咸菜抱到战士们面前。战士们吃完饭后把一卷钱放进菜罐里就整队出发了。王四前来取菜罐，发现里面有一卷钱，知道是八路军留下的，拔腿就追，然而追出五里多路也没见到战士们的影子。

几年后，全村乡亲们集中在老戏台前，听县、乡两级干部宣传抗美援朝的伟大意义后，村里掀起了“用实际行动支援抗美援朝”活动的高潮。王四两口子也不甘落后，听说第二天全村人要举行游行活动，声讨美帝国主义及其走狗的侵略罪行，当晚便把家里货架上的两捆红布抱到村委会，对村长说：“抗美援朝是件天大的事，我也帮不了大忙，这两捆布送给村里做红旗，为明天游行添个彩头、提提气氛。”当夜，村长招集十名巧手妇女赶制了三十面红旗。第二天游行队伍中，红旗招展，口号震天，一股排山倒海之势，痛快淋漓地表现了中国人民的正义感、英雄气。

好一个旧时乡村小卖部——不图箪食壶浆，只求方便乡亲；好一个乡野小卖部的主人——信誉于胸，诚实于行。

是啊，在商品交换的现实社会中，钱是不可或缺的参照物。但是，钱财的获取要靠诚实劳动和合法手段。作为商人，不，作为每一个独立的人，都必须铭记六个字：诚实、良心、信誉。乡野小卖部的主人王四，不就是这样的人吗？

乡野追花人

“不论平地与山尖，无限风光尽被占。采得百花成蜜后，为谁辛苦为谁甜。”唐人罗隐一首传诵千古的名篇佳作《蜂》，极尽蜜蜂短暂一生辛勤劳作之美德。

蜜蜂一生辛劳，养蜂人更是辛劳。本文要说的就是京郊房山区我家乡追逐百花放养蜜蜂的一名青年。他，姓石名头叫石头，合作化那年15岁，完小毕业。他父亲从能干活起就给村里一家地主扛长活，积劳成疾，欠了一屁股债也没把病治好，好不容易盼到解放，可是好日子还没过几天就与世长辞了。

石头母亲被繁重的家务压倒了，拖着病体与儿子相依为命。社会主义建设高潮到来后，石头焕发了精神，毅然放弃考中学的机会，决心在村里大干一场，还清家里的外债，让母亲过上衣食不愁的幸福生活。

15岁的孩子还没锄头高，合作社领导动员他继续考学，生活上的困难由合作社解决。石头理解合作社领导的良苦用心，嘴里满口答应继续考学，行动上却没有任何表现，以致“误”了升学考试时间。石头窃喜，弃学务农如愿以偿。可是合作社不允许他和整劳力一起劳动，只派他和妇女一起干些轻便的活计。不同工便不同酬，这样干下去，何时才能还清外债？石头暗自思量。

一个偶然的机会，石头看到一本介绍养蜂知识的书。他如获至宝，拿回家连续阅读了十几遍，研究了十几天：村前村后到处是桃树、杏树、枣树、槐树、梨树以及荞麦花、萝卜花，等等，树种多，花期长，天然的养蜂场，何不用来养蜜蜂？

石头是个干脆果断的少年，办事绝不拖泥带水、犹豫不决。他打听到百里之外的邻县有个养蜂专业户，便带好纸笔背起挎包前往取经。谁知那个养蜂专业户不带徒弟，石头碰了一鼻子灰。但他不灰心、不气馁，竟向那个养蜂专业户提出为他义务打工，不要工钱，只求一天三顿饭。养蜂专业户见石头决心已定，只好把他留下来。

当晚，养蜂专业户给石头上了一堂养蜂专业课：养蜂人首先要爱蜂。东汉时期上邦（今甘肃天水）人姜岐，知识渊博，聪慧机警，州府曾多次请他出任县令一类的官员，他却谎称有病坚辞不就，偏去驯养野蜂，直至去世，最终总结出一套养蜂经验，成为我国养蜂第一人，被誉为“养蜂鼻祖”。有志养蜂者，定要像姜岐那样爱蜂如命、舍官养之；养蜂人还要肯于吃苦。养蜂比不得养鸡鸭猪狗，喂足食水即可。养蜂很辛苦，要掌握时令追逐花期，要翻山越岭转场寻花源，一天忙到晚。这还不说，蜜蜂很娇贵，不经心就会被冻死饿死渴死病死，辛苦一年到头来血本无归。所以，养蜂人养蜂要有吃苦精神和风险意识。石头记住了养蜂老把式的话，一猛子扎下去就是半年。正是百花盛开的季节，石头和养蜂老把式形影不离。很快，从繁殖蜂群、培养蜂王到摇蜜、采集蜂王浆，石头都看在眼里记在心上，晚上回到屋里追记在小本子上，有的关键点还在旁边画上插图，加深自己的记忆。

半年过后，石头不声不响地离开了养蜂老把式，临走前留下一张纸条在床上，纸条上写着：偷艺半年，学业期满，不辞而别，来年拜见。养蜂老把式看完纸条上的字笑了：小机灵鬼儿，我早知道你是来偷学养蜂技术的，不然那些养蜂绝技我是不会做给你看的。

石头回家之后，本想从头干起，自己做蜂箱买蜜蜂喂养，尽量节省成本。其间听说邻县另一养蜂专业户家庭出现变故，急需出售现有的20箱蜜蜂。石头马不停蹄赶去洽谈，很快以合适的价格买回20箱成品蜜蜂。

蜜蜂是一种会飞的群居性昆虫，属膜翅目，体长8至10毫米，黄褐色或黑褐色，生有密毛，头与胸几乎一样宽，复眼椭圆形，口器嚼吸式，后足为携粉足，前后两对膜质翅，以反羽钩列连锁，腹末有螯针以备自我保护。世界上常见的蜜蜂有四种，分别为：中华蜜蜂、意大利蜜蜂、卡尼鄂拉蜜蜂、欧洲黑蜂。我国养殖的蜜蜂大部分为中华蜜蜂。据专家研究，蜜蜂飞行时速为20至40千米，高度1千米以内，有效活动范围在离巢2.5千米以内。所有的蜜蜂都以花粉和花蜜为食，非常辛苦，通常采集1100到1400多朵鲜花，才能获得一蜜囊花蜜，一只蜜蜂平均每天要采集十次，每次采集量为自身体重的一半，一生只能为人类提供0.6克蜂蜜。

蜂蜜“散似甘露，凝如割脂，冰鲜玉润，髓骨兰香”，不仅是食饮佳品，还是药中上品。早在《神农本草经》中就有记载，“蜂蜜味甘、平、无毒，主心腹邪气，诸惊痫痉，安五脏诸不足，益气补中，止痛解毒”。不仅如此，还有美容养颜之功效。蜜蜂两对膜质翅每秒可扇动200至400次，在采集花粉的同时，也有意无意给花授了粉，促成植物开花传粉，这对农业生产意义重大，其生态价值、经济价值都很高。据有关方面统计，经过蜜蜂授粉可使农业增产30%至40%，最高可达80%。因此，蜜蜂有“农业之翼”的美称，所以养蜂事业是国家提倡的朝阳事业。

春、夏、秋三季是蜜蜂采花酿蜜季节，冬季休息进入冬眠。蜜蜂最怕阴天、潮湿、霜冻，不喜欢黑色及酒、葱、蒜的味道。长时间阴冷潮湿，蜜蜂不能出巢采蜜，就要靠吃蜜维持生命，蜂巢里的蜜吃完了，就要用白糖喂养，不然就会被饿死。所以养蜂人要不断追花转场，要在干燥、向阳、背风、花多的地方建造蜂场。养蜂人或参观者不得穿黑色衣服或带酒、葱、蒜进蜂场，免得惹怒蜜蜂伤人。

靠着从邻县养蜂老把式那里学来的这些“蜂”知识，石头全身心投入这20箱蜜蜂的养殖工作中。他不停地追逐着花、转场地，给蜜蜂寻找丰富的优质蜜源；每天很早就起床检查蜂箱，看周围有没有野马蜂、青蛙、蟾蜍之类的蜜蜂天敌，有的话及时驱赶，绝不让它们靠近蜂箱；及时交换巢脾，把有幼虫的巢脾转移到风箱上部，把空巢脾移到下部供蜂王产卵；采集蜂王浆，平时每天采集一次；摇蜜检蜜，一般在下午进行，晴天每两天摇一次，摇出的蜜一般不太干净，里面时常有死蜂、蜡块之类的杂物，要及时拣出，使蜂蜜保持纯净。

实践出真知。尽管石头从邻县养蜂老把式那里学了许多养蜂知识，然而没有经过实践的他，尽管费尽心机，起步时仍连栽了几个跟头。第一年秋末冬初的一天，石头摇完蜜后像往常一样，封完箱就下班回家了。谁知当天夜里强劲的西伯利亚寒潮袭来，一大早起床查看蜂箱的石头惊呆了，20箱蜜蜂一动不动地躺在蜂脾上。他知道是自己觉得白天气温尚可，临走时未给蜂箱“盖被”，致使蜜蜂受冻了。他赶紧采取紧急措施，最终救活了三分之一蜜蜂。那一年，他不仅没赚钱，还倒贴了两万多元。还有一年，石头听说荆花蜜为上等蜂蜜，便在荆花盛开的季节转场到30里路外的一处山沟里。第一天蜂子倾巢出动漫山采蜜，晚间顺利归巢，石头自感找到一个理想的蜜源地。谁知从第二天起回巢的蜜蜂明显减少，到第四天，石头坐不住了，四处查找蜂子失踪原因。不查不知道，一查吓一跳。当他来到一处山洞口，发现石崖上倒挂着七个大黄蜂蜂巢，成千上万只大黄蜂飞进飞出忙个不停。这时，他记起养蜂老把式说的大黄蜂是蜜蜂的天敌，选择蜂场切记远离黄蜂巢。于是，请来山下一户人家帮忙，用火把点燃了黄蜂巢。从此，这里平安无事，石头再也没有损失蜜蜂。

经验在实践中总结，智慧在实践中创造。石头养蜂技术越来越高，养蜂规模也逐步扩大，五年后养蜂50箱，达到全国养蜂户的最高配置，年产蜂蜜三吨多，成了我们那里远近闻名的养蜂专业户。养蜂第十年，石头竟成了我们村里的首富，不仅还清了家里的外债，还盖了六间卧砖到顶的新房，娶了一个漂亮的媳妇。

正像本文开头诗句所说，“采得百花成蜜后，为谁辛苦为谁甜”。石头心中有数，既为了自己家过上幸福生活，也不忘关爱自己的众乡亲。

农业合作化年代里，人民群众的生活水平还很低，蜂蜜作为高端农产品还没有进入寻常百姓家。此时有谁需要蜂蜜，只要开个口，石头保管免费满足。隔壁张家小儿子八岁那年不知什么原因，口干舌燥胃烧膛，七天七夜拉不出大便，急得全家人团团转。这天晚上，石头提一罐子蜂蜜到张大伯家说：“书上写着蜂蜜有润肠通便之功，您把它掺点香油让孩子喝下，兴许能解决问题。”张家夫妇连续给儿子喝了两天六次，大便终于顺利排出，孩子高高兴兴地上学去了。独居老人刘大爷久咳不止，村里大夫也无解决之术。石头从集市上买了几个雪梨，熬成梨水，又掺些许蜂蜜，晚上送到刘大爷家，叮嘱老人一天喝三次。老人照办了，三天后就不咳了，出气也顺畅了。

两件事验证了书上所述蜂蜜有润肠止咳奇效，石头由此脑洞大开。当晚他取大红纸一张，用毛笔写一“告示”贴于村中心庵庙前的老槐树上——

本人石头养蜂十年，蒙承远近父老乡亲百般关照，如今业已成规模，年产上等蜂蜜若干，若有用蜂蜜者告之，本人无偿供应。

一九六二年元月一日

告示贴出后，过往人员看了赞不绝口：这后生心眼儿好，发家不忘众乡亲，真个是新社会的好青年……

最让人没想到的是，石头发家之后没忘记当年承诺的那件大事——“来年拜见”邻县养蜂老把式。

这天，石头比往常起得更早，检查完蜂箱之后，换了一身新衣服，从柜子里取出一个用红布包着的东西就出发了。头中午，石头来到邻县养蜂老把式家。进门才知，由于多年餐风饮露、跋山涉水、转场追花，老人积劳成疾，已经卧病在床一年多了。见此这般，石头感慨万千，想起当年老人口传身教养蜂之道，禁不住泪洒胸襟。沉默片刻，石头掏出那个红包，打开摊在老把式的床边。老人头昏眼花，已经看不清眼前的东西是什么了。石头抹去眼泪，一字一句念给老人听：奖给全县自养蜜蜂评比中第一名——石头。

老人听懂了，从他微微的笑容里看出他真的听懂了。他知道是这个有志后生用一张可贵的奖状来回答他“来年拜见”的承诺。

这不是一张普通的奖状，它凝聚着邻县养蜂老把式的一腔心血，凝聚着一名时代青年勇于上进的开拓精神。那是农业合作化年代的时代印迹，那是乡野农村社会主义建设高潮中的一朵晶莹浪花……

二妞揭榜

这个题目讲的是王二妞揭下村委会贴出的《养蚕告示》榜的故事。

二妞，村里王彪的二女儿，天生一股敢想敢干不服输的犟脾气。她上边有个姐姐叫大妞，她妈妈怀她的时候特别爱吃酸的，左邻右舍按“酸儿辣女”的俗语认定怀的是儿子，谁知生下来一看还是个女孩儿，爹妈把她当男孩儿养，17岁了还留个寸头，希望她“招”来个弟弟。

1953年，村里积极响应国家号召，经自下而上讨论研究，推出一整套“以副养农、以副促农”的发展生产举措，其中一条就是办个小型养蚕场，如果办得成功，摸索出经验，三年后扩大规模，把小型养蚕场扩大成养蚕合作社。为此，专门在村中心庵庙前的墙上贴出告示，招贤办场场长。

告示贴出去三天了，竟没有人前来揭榜。第四天，正当村委会研究是不是要放弃办养蚕场的时候，王二妞揭下告示来到村委会，把告示往办公桌上一摊，说：这个担子我挑了，如果领导们同意，我有两个要求、一个承诺。两个要求是，第一，给我提供200平方米的房子做蚕室和桑叶室，其他所用工具由我自己筹措；第二是只能称呼我为养蚕负责人，千万别叫我场长；一个承诺是，今天是1953年12月31日，我保证三年后的这个时候为村里创收万元，并拿出一份实用养蚕经验。

二妞敢揭榜挑担源自心有底气：一是从村里贴出告示那天起，她就迅速搞了调查论证，认为自然条件和自身条件都有助于把蚕养好。自然条件是，村西偌大一片桑树林，从春到秋蚕食不愁；自身条件是，自己初中毕业，通过恶补养蚕知识，定有神奇效果。二是自己有个同学嫁到30里外的邻县，其公爹是远近闻名的养蚕专业户，如果自己挑起养蚕重担，中途遇到坡坎，同学公爹可以托底解围。基于此，二妞这匹小马才胆敢揭榜拉这辆大车。

村委会听了二妞情况介绍，觉得靠谱，经慎重研究，一致同意把养蚕这副担子交给二妞。

1953年过去了。从1954年1月1日起，王二妞开始了紧张的养蚕准备工作。先是装修蚕房。村里把庵庙里的三间闲置房交给了二妞使用。她来个全家总动员，铺地板换门窗，其中两大间做蚕室，一小间做蚕叶室。接着是置办工具。钉像乒乓球案子大小的木架四个，购置苇席四张，铁炉子一个，簸箕两个，水桶水盆喷雾器各两个。再就是制订工作计划。从日程安排到标准要求，详细具体，列表上墙。一切准备停当后，静待春暖花开，全村第一家养蚕场即将诞生。

艳阳四月天，新绿满桑园。二妞从县种子站购回一张蚕种，先放进笸箩里，上面盖上棉布单，保持15摄氏度室温，一周后，蚕子由黑变白，接着幼虫破壳而出。二妞按书上说的，把室温提高到20摄氏度，开始喂幼蚕新鲜桑叶。因此时幼蚕吃得很少，二妞把自采桑叶存放在桑叶室精心保管。幼蚕生长10天后，体长约30毫米，开始狂吃桑叶。又过了5天，幼蚕长到60毫米，二妞开始加大喂食量。这时自采桑叶供应不上，便发动全家帮着采桑叶。两个月后，一张蚕子便经过幼蚕、成蚕、做蛹、变蛾四个步骤，完成了一个世代的旅程。这期春蚕共产蚕茧30公斤，蚕粪250公斤，仅蚕茧就卖出了1200元。

初战告捷，增强了二妞的信心，马不停蹄又购进了一张蚕子。然而，运气不会都降在一个人的头上。眼看第二期蚕宝宝长到50多毫米、身体逐渐变白，就要吐丝做茧了，谁知两天之内死了将近一半。二妞惊出了一身冷汗，连夜跑到她那个同学家询问原因。听了二妞介绍情况，她同学的公爹指出死蚕原因有二：一是技术上的问题。夏季温度高、湿度大，这个季节养蚕要注意通风换气、除湿降温，保持蚕室清洁干燥，要用发酵液喷洒桑叶，防水防腐，保持桑叶鲜绿，这些恐怕你都没有做好。二是思想上的问题。你春蚕养好了，自以为夏蚕“照方抓药”即可，忘记了“怀重宝者不可夜行，担大任者不以轻敌”的道理，有些骄傲自满、盲目乐观。要记住，无论做什么事，一定要谦虚谨慎，胜不骄，败不馁。

听了她同学公爹一席话，二妞茅塞顿开，连夜折回蚕室进行降温除湿、通风换气的处理，并采集新鲜桑叶喂之，最终保住了剩余的一半夏蚕。

古人讲，福祸无常，旦夕可见。这话不假。二妞从她同学公爹那里学得养蚕经验后，本来一马平川、顺顺当当，谁知第二年养春蚕时又出了一档子怪事。这天早晨二妞采桑叶回来，一进蚕室发现靠里那张本来有蚕宝宝的架子上光剩下了吃过的桑叶残渣，足足有5000只春蚕不见了踪影。莫非有人偷蚕？二妞不敢耽搁，赶紧报告了村长。村长请来镇上的公安员前来侦查。公安员通过侦查发现，蚕宝宝不是人盗走的，理由有二：一是蚕室门是锁着的，窗是关着的，没有任何破坏痕迹，除非偷蚕人有上天入地的本事，否则是进不去蚕室的；再有，既然偷蚕，为什么不全偷走，而是专偷靠里面的一架子蚕？既然判断不是人偷了蚕宝宝，那么这事儿也就不属于刑事案件，公安员随即撤走了。

二妞带着这个百思不得其解的问题，又一次来到邻县那个同学家，想让同学的公爹帮着分析蚕宝宝丢失的原因。当她把这个奇妙故事讲完后，她同学的公爹哈哈大笑起来，说："这是一桩偷盗案不假，不过偷蚕者不是人，而是一种物。""那什么东西还能像人一样行窃？"二妞又恍惚了。"你忘了第一次来我家时，我对你说的养蚕注意事项第七条？你当时是记在了本子上的，回去翻开本子看看就明白了。"同学公爹没有把话讲明，为的是让二妞思索一番，加深印记，告诉她自己当时讲的每一条都很重要，都应在实践中坚守。

二妞带着心中的疑问一路行走一路思索，快到家的时候忽然想起那次小本子上记的十条养蚕注意事项，其中第七条是：蚕席离地至少一米，架子与墙壁保持适当距离，架子腿儿用防滑物包裹，室内沿墙堵洞，撒鼠药，夜间或没人时关闭蚕室门窗……难道是老鼠或黄鼠狼偷了我的蚕宝宝？想到这里，二妞进村后家都没回，直奔蚕室，先是检查所有门窗，没有发现一处破损；再检查蚕室四壁，也没有发现洞穴；最后把存放的桑叶推开，发现桑叶室原本被堵住的一个鼠洞不知什么时候破了，露出一个人耳朵大小的孔。二妞用铁钳撬开，发现里面有残存的蚕屎。“好个老鼠窃贼！”她抓起一把石灰泥塞进了洞穴。从此，蚕室平安无事。

这年春蚕收获后，二妞把蚕室、桑叶室里里外外重新检查了一遍，并进行了彻底消毒。经短暂休整总结后，开始了初秋蚕、中秋蚕的养殖。这两个季节桑叶质量仅次于春季桑叶，是养蚕的第二和第三个佳期。这两期她分别购进了一张蚕子，养殖期内十分注意蚕室卫生、通气、采光及温湿度，同时注意保持桑叶新鲜。这两期蚕的养殖全过程都很顺利，产茧量超过头一年春蚕产茧量。

“从感性认识而能动地发展到理性认识，又从理性认识而能动地指导革命实践”，二妞养蚕逐步从必然王国向自由王国迈进，第三年又养了三期蚕，期期获得丰收。

1956年的最后一天，是二妞兑现承诺的日子。这天上午，她抱着当年揭下的“告示”榜，提着一书包现金和一份条理清晰、实在管用的养蚕经验来到村委会，郑重地说：“请各位领导过目，这一万元现金是我当年承诺的为集体创收的钱款；这份工作总结是我当年承诺上交的养蚕经验。如果领导同意，我愿创办养蚕合作社，发展我村的副业生产，壮大我村的集体经济，为社会主义建设新高潮、为提前实现我国第一个五年计划，作出一个新时代青年应有的贡献。”

钱款不用点，经验无须看。前天，县农林局来通知说，王二妞这几年上交的蚕茧质量优等，已经达到全县第一家养蚕专业合作社的水准。春节后，国家将在某养蚕大省召开全国养蚕合作社经验交流会，经上报县政府批准，王二妞作为我县代表之一，参加这个新中国成立后第一个养蚕专业经验交流会。当村长把这个好消息告诉给王二妞时，她激动得一句话也说不出来。

“天下之本在国，国之本在家，家之本在身。”没有一个一个的人，就没有家国天下可言。王二妞，这个看似单薄柔弱的小女子，这匹勇于拉大车的小马，胸襟宽阔，视野深邃，必将在社会主义建设高潮中，驰骋万里，奔腾向前……

五嫂子

五嫂子不是我王姓家族中的嫂子，她丈夫姓张，在张家家族中排行第五，我家邻居，又大于我，所以按乡规民俗的称呼，我叫他的媳妇儿为五嫂子。

五嫂子是个苦命人，她的苦处堪比黄连，可写一部书。万事皆有因。五嫂子的苦处从她的家庭变故开始。

1949年底，一大批国民党军人退往台湾。五嫂子的丈夫就是那个时候被国民党裹挟到台湾的，那年五嫂子才25岁，正有孕在身，大女儿刚满五周岁。她清楚地记得，几天前丈夫正在地里干活，被几个扛枪的国民党军官抓走了。张五哥不甘心给国民党当炮灰，偷偷跑回了家。谁知国民党军官杀了个回马枪，当天夜里又把张五哥从被窝里抓走了。这一次被抓的有10多人，都是附近几个村子的青壮年。他们被绳子串起来绑着，从离家十几华里的琉璃河火车站登车，一路南下。此次离别便是诀别，五嫂子再没有丈夫的消息。

家里没有了顶梁柱、主心骨，可苦了五嫂子。虽说从旧社会走过来，受尽千般苦，可那时有丈夫在，逃荒路上有人搀扶，讨饭途中有人做伴，夫妻俩同甘共苦，倒觉得没啥。丈夫不在了，一切都要五嫂子一个人扛。好在解放了，政府对被迫抓走当国民党兵的家庭有鲜明政策，不影响土地改革中分地主浮财和土地。五嫂子家该得的都得到了。

得到是得到了，那么得到的土地总得有人耕种吧？五嫂子女儿刚满五岁，这个时候又生了个儿子，她哪里有分身之术？

“日子总是要过的，何况国家解放了，新中国成立了，渡过眼前的难关，往后的日子会一天天好起来的。”五嫂子常常这样给自己宽心，满怀信心地掰着手指数着度日。

信心归信心，但眼前的困难还是客观存在的，躲也躲不开。眼看秋播开始了，五嫂子家按人口刚刚分得的几亩地还在撂荒，把五嫂子急得像热锅上的蚂蚁。心想，政府关照咱，按政策分到了土地，咱要把它侍弄好，多打粮食支援国家、改善生活，也不枉政府的关心和照顾。想到这儿，她趁孩子还在睡觉，天刚蒙蒙亮就扛着锄头出去翻地了。由于离上次那场雨有一个多月了，土地干得很，尽管五嫂子的“三寸金莲”用力往下蹬，一锹下去仍见不到湿土。这时她思念起了丈夫：如果孩子爸在，可找来犁地把式耕地，几亩地一会儿就耕完了。眼下没了帮手，何时能把地翻完？就算最终翻完了，种麦子的季节也过了呀！

世间总有真情在，自有善君怜孤君。五嫂子回家把两个孩子打理好，屋里屋外收拾完后，又扛着铁锹下地了。谁知到了自家地头一看，她惊呆了：整块地已经翻完了，湿乎乎的黑土散发着股股清香！两天后她才知道，这是隔壁春玉叔见她起早贪黑不容易，便把自家地耕完后顺便把五嫂子家的地耕了一遍。

白露早寒露迟，秋分种麦正当时。五嫂子不早不迟，适时种上了土改后的第一季小麦。

五嫂子对帮助过她的人心存感激，但她不想欠更多的人情债。她每天早出晚归，用辛勤的汗水浇灌着属于自己的土地，尽量不求人少求人。还好，两年后村里成立了互助组，不久又转成了合作社。乡亲们明知道五嫂子家是个拖累，还是主动吸收她加入了互助组和合作社。乡亲们越是包容帮衬，五嫂子越是不安。她每天清晨鸡叫两遍就起床做饭，收拾家务，然后把已经七岁的女儿摇醒，催她吃早饭，叮嘱她照顾看好弟弟，中午等她回来做午饭。一切安排停当，她扛着工具出工参加合作社劳动去了。

长恨人心不如水，等闲平地起波澜。一天中午，五嫂子收工回来，还没进家门，就听到两岁的儿子哭得上气不接下气。她三步并成两步迈，推开门一看，儿子赤裸裸地躺在地上，周围一摊血迹，大女儿坐在弟弟一边呆傻傻地不知所措。五嫂子赶忙抱起儿子，仔细一看，发现儿子头顶右上方有个半寸长的口子，地上的血就是从那里流出的。她赶紧抱着儿子跑向村卫生所，医生当场给儿子缝了七针。直到今天，儿子头上仍有一个疤痕。合作社领导知道这件事后，研究决定：五嫂子每天可不固定上工时间，什么时候方便什么时候出工，干多少算多少，不强求。五嫂子很自觉，别人越是关照，她越不好意思，想方设法自己解决困难。这不，她用废布条搓成一根绳子，每天出工前用这条特制的绳子一头拴住儿子腰间，另一头系在东墙的窗户上，这样即使儿子醒了，也只能在土炕的半径范围内活动，再也不会掉到地上了。

每逢佳节倍思亲。五嫂子平时忙于家务、参加劳动，忙忙碌碌一天也就过去了，累得夜里倒在炕上就睡，没有过多心思思念丈夫。然而，自从儿子从炕上掉下来摔破了头开始，特别是每到中秋、春节两个最传统的节日时，五嫂子思夫更切。她想起刚结婚时与丈夫及家人头顶明月在葡萄架下吃月饼、在年三十夜里的爆竹声中吃饺子的场景，想起逃荒路上，夫妻俩相互照应的日子，禁不住潸然泪下。最扎她心的是还在懵懂中的女儿常常问："别人家的孩子都有爸爸，我怎么没有爸爸呢？"每当这时，五嫂子都会不情愿地撒谎："爸爸去很远很远的地方干活儿去了，一时半会儿还回不来。"说完，赶忙跑到屋外去擦眼泪。

五嫂子从小没读过书，她有心托人给丈夫写封信问问情况，又不知道把信寄到哪里、丈夫能不能收到，所以一直没有托人写信。1958年春，村里通了电，村委会安了广播，街道电线杆上装了大喇叭，从早到晚不停地播放国家大事、文娱节目。这年10月上旬的一天，五嫂子正在家吃早饭，忽然听到大喇叭里广播一篇文章，中心意思是要台湾人民团结起来，共同对付以美国为首的帝国主义。五嫂子听不太明白，向村里文化人打听。文化人告诉她，国家会完成解放台湾、实现祖国统一的任务。

五嫂子听了心中暗喜：孩子他爸，你可千万保重身体，我们全家团聚的日子就要到了，我和孩子等你回来！

从那以后，五嫂子十分关心国家大事，不但有时间就听大喇叭广播，还托人买了个二极管矿石收音机，在院子里的老榆树上绑个木杆，拉下一条天线与收音机连起来，在每天孩子入睡后，夜深人静时收听有关台湾方面的消息。有一天她忽然听到几个内地人寻找被国民党胁迫到台湾的亲人，觉得他们的情况和自己的情况差不多，于是心动了：我为什么不寻一寻自己在台湾的亲人呢？

五嫂子知道我当时在一家军队报社工作，便跑到我家和我父母谈了自己的想法。我家和五嫂子家仅相隔几步远，我和她的大女儿年龄相仿，亲眼看到她家生活不易。一个星期天，我回家看望父母，从他们口中得知五嫂子的想法，当晚到她家了解张五哥当年被国民党胁迫到台湾的具体情况，答应尽最大努力帮她这个忙。回到报社后，我详细了解了有关对台湾新闻宣传方面的情况：全国解放后，为了宣传大陆对台湾的方针政策，传播两岸新闻资讯，增强两岸民众情感，经国家批准，在福建福州组建起中国人民解放军福建前线广播电台，电波跨越海峡，覆盖台湾全岛和东南沿海大部分地区。与此同时，中央人民广播电台也开辟了相应的栏目，五嫂子在收音机里听到的大陆人寻找逃往台湾亲人的消息，就是中央电台《海峡之声》栏目中的一项内容。经多方打听，这个栏目中有个编辑早年与我相识，于是我把早已写好的《寻人启事》交给了她。这位编辑很负责，将我写的《寻人启事》在她负责的那个栏目里滚动播出一个星期。又一个星期天，我借回家看望父母的机会，把中央电台播放五嫂子寻找台湾丈夫的消息告诉了她。五嫂子非常高兴，天天夜深人静时守在收音机旁静听。她多么希望喜从天降收到丈夫的回音哪！然而，一天过去了，两天过去了，一个星期、两个星期过去了，仍然杳无音信。莫非丈夫不在人世了？莫非丈夫没听到广播？五嫂子宁可信服第二种可能，决不相信丈夫已经死亡，因为她知道丈夫离开家时体壮如牛，身板儿如同火炼铁打。于是，她又跑到我家让我父母转告我再次广播她的《寻人启事》。

然而，尽管五嫂子一天不落守候在大喇叭和收音机旁，终没有听到有关丈夫的音信。莫非他真的死了？莫非他在台湾有了新欢把自己忘了？五嫂子联想不断。思来想去，她还是不相信丈夫死了，这才走了不到20年，他满打满算才50岁，身体不可能垮得这么快；她也不相信丈夫在那边另娶新欢，因为她知道他非常爱自己，国民党那天夜里从被窝里抓走他的那一刻，他还一再叮嘱自己带好孩子，等他回来……这也不信那也不信，为什么就是没有丈夫的音信呢？五嫂子万念俱灰。

泪眼问花花不语，乱红飞过秋千去。日历一页一页地被撕掉、一本一本不断更新，却始终不见丈夫的踪影，听不到丈夫的半点音信。油尽灯枯——五嫂子等不得了。终于有一天，她在无限思念中走完了自己苦难的一生。那年，她已77岁；她女儿近50岁，出嫁到本村一王姓人家，已有一双儿女；她儿子40有余，也有一儿一女……

“十年生死两茫茫，不思量，自难忘。十里孤坟，无处话凄凉。纵使相逢应不识，尘满面，鬓如霜。夜来幽梦忽还乡。”宋人苏轼的词作《江城子》所述远不及五嫂子一生的境况。苏轼与爱妻王弗仅“十年生死两茫茫”，而五嫂子与丈夫的诀别已长达半个多世纪呀！据了解，像五嫂子这样的家庭，在我们村周边的几个村子里还有不少。

好在历史总是前进的。据我所知，我家乡许多像五嫂子这样的家庭已经与远在台湾的亲人取得了联系，有的在国家政策的帮助下，远在台湾的亲人还风尘仆仆回到家乡省亲，与失散多年的家人相拥相抱、倾诉衷肠。可惜，五嫂子没这个机会了。

我相信祖国一定能够统一！

千万个五嫂子和亲人们的夙愿一定能够实现！

婚丧嫁娶找『大了』

在我的家乡京郊房山，有一种行业叫“大了（liǎo）”，专门为乡亲们张罗婚丧嫁娶等红白喜事。“大了”是义务服务的，不收好处费，事主只管饭，事前事后包个点心匣子看望一下即可。有的“大了”识文断字，读过不少有关民间习俗方面的书籍，对各种红白喜事的流程、讲究、禁忌均熟记在心。也有的“大了”大字不识一斗，但对农村各种习俗门儿清，为乡亲们操办红白喜事滴水不漏、完美无缺，方方面面的人都说不出半个“不”字。

我们村有“大了”不下10个，他们中有年长的也有年轻的，有男的也有女的。我家住在村北，我们那片儿的“大了”是个女的，按辈分论，我叫她刘嫂。

刘嫂是解放前夕嫁给我们村刘哥的。据说她娘家是个正经过日子的农户，祖辈务农，忠厚老实，遵规崇礼，办事公道，在村里享有很高的威望。为此，街坊邻居哪家有大事小情都愿意请她爹妈当参谋，也算是个“名誉大了”。刘嫂是个有心人，从小跟着父母走东家串西家帮着打理红白喜事，见惯了农村这些礼仪习俗，慢慢也都熟记在心。父母年纪大了，有时替别人张罗事情丢三落四，刘嫂就在一边提醒，确保事情办得天衣无缝。为此，老两口私下里说，这样发展下去，咱闺女将来准是个不错的“大了”。

刘嫂娘家爹妈说对了。她虽因家里拮据没进学堂接受过文化教育，却“阅尽”了卷帙浩繁的生活史书，胸中装满了乡野农耕多姿多彩的沧桑岁月和浓烈厚重的历史烟云。自她从外埠嫁到我们村刘家第一个月，就显露出她的“大了”才能。人们清楚地记得刘嫂的本家妯娌新生儿子“剃满月头”“喝满月酒”那天，刚嫁过来不满一个月的刘嫂前去“出份子”，见剃头匠正给新生儿剃满月头，赶忙凑了上去。剃头匠手艺麻利，三下五除二剃好了。刘嫂发现妯娌的婆婆也就是自己的婶子正要用笤帚打扫落在地上的乳毛，赶忙上前拦住了婶子，自己小心翼翼捡起地上的乳毛并编成小辫子交给了婶子，叮嘱她保存好，将来孩子长大作为“成人礼”送给他。又转身指着妯娌怀里的孩子说，剃头师傅给孩子后脑勺处留下的那绺头发叫“撑根发”，预示孩子健康茁壮成长。不过脑门上方也应留一绺“聪明发”，预示孩子聪明伶俐，可惜剃头师傅给剃光了。你记住，生二胎时千万给孩子留下“聪明发”。“满月头”剃过之后开始“喝满月酒”。这时所有亲朋入席，开始献礼：有的拿来婴儿服，有的献上长命锁，也有的掏出“现大洋”。唯有刘嫂随的礼新鲜：一双“绣花鞋”。鞋子是由大红布做的，鞋底绣满了“菱”，鞋帮一侧绣的是“葱”，另一侧绣的是“蒜”。婶子不明白，偷偷问为什么绣这些东西。刘嫂解释说，这些都是我们居家过日子常见的果蔬，寓意孩子聪明伶俐好养活。婶子听了打心眼儿里佩服侄媳妇儿见多识广，是个当“大了”的好材料。

参加“喝满月酒”的一刘姓家族长者要过七十大寿，听说刘嫂懂的有关礼仪习俗知识甚多，便派儿媳妇晚上专程到刘家请教。刘嫂问了长者的生辰八字后，交代来人四条注意事项：过生日要一次吹灭蜡烛，象征身体健康，一次实现愿望；切蛋糕、寿桃不能切到底，一切到底有一刀两断的意思；生日只能提前过或当日过，不能延后过，体现守时守信、诚心诚意；过生日当天不能出远门，要远离水坑、工地等处，以保平安。最后刘嫂让来人给长者转达两句话：上述四条都是老祖宗传下来的，作为后人，我们必须诚实顺便、遵之守之。长者听了儿媳转达，对刘嫂愈加称赞不已。

初露锋芒，刘嫂在我们那片儿引起不小震动：别看刘家媳妇年轻，老礼数老传统知道得可真不少，往后谁家有大事小情，再也不用到处求人帮忙了，我们身边就有现成的“大了”啊！就从那以后，“刘嫂大了”正式走马上任了。她接的第一单业务是娶亲——隔壁李家大儿子李功娶媳妇儿。

头三天晚上，刘嫂来到李家叮嘱做好几件准备工作：准备八仙桌一张，并用红布做桌帷，上摆族谱牌位及香炉一尊、腊铅一对、尺子一把、算盘一副；另放木斗一只，斗内装满五谷杂粮，贴“金玉满斗”四个大字，斗口用红纸封住，上插一秤杆儿和一束柏枝，秤杆儿上挂一铜镜，柏枝上挂铜钱若干；桌上散放些红枣、花生、栗子若干，寓意平安、顺利、幸福、发财、万事如意、早生贵子。除此之外，准备马鞍一只、火盆一个、鞭炮若干，公婆各备红包一个，内装现金若干，拜堂时做改口费给予新人。

一切交代清楚之后，刘嫂回家休息。接亲当天，刘嫂早早来到李家，再次查看所备物品落实情况，发现火盆还未点燃，赶紧吩咐人专办。大约10点钟的样子，门外鼓乐响起，鞭炮齐鸣，接亲队伍到来。刘嫂三步并作两步赶到大门前，与接亲太太一起从花轿中接下新娘，先迈过马鞍，再迈过火盆，然后到新房暂坐。刘嫂叮嘱新娘听从指挥。待外面亲朋落座之后，拜堂仪式开始。新郎新娘手牵手来到八仙桌前，随着刘嫂一声“一拜天地”，两位新人面向八仙桌上的宗族牌位三鞠躬；随着刘嫂一声“二拜高堂”，两位新人转向双方父母大人面前，刘嫂接着念“一鞠躬，感谢老人养育成人，二鞠躬，感谢老人养育之恩，三鞠躬，永远孝敬老人”，同时二位新人连鞠三躬。此时，新郎新娘开始改口，向双方老人改称爸妈。叫声出口，双方父母分别给新郎新娘“改口费”。接下来是夫妻对拜。随着刘嫂喊“一鞠躬，忠诚永远，二鞠躬，互相理解，三鞠躬，相互尊重”，两人互相三鞠躬。之后，两位新人喝交杯酒。在刘嫂的指挥下，两人先各喝自己酒杯中的一半酒，然后交换酒杯，把杯中的另一半酒喝干。到此，拜堂结束。刘嫂拉长音高喊“入洞房”，两位新人手牵手走进新房，在刘嫂见证下，新郎揭下新娘的盖头，人们这才见到新娘的尊容。

稍作休息，外面喜酒开始。两位新人在刘嫂的陪伴下走到酒桌前，先认族人，族人分别送上红包；再认亲朋，亲朋送上贺礼。然后新郎新娘逐桌敬酒。筵席散尽，结婚典礼宣告结束。

不久，陈老先生过世。消息惊动了全村，也惊动了县、乡两级政府。陈老先生时年八十有四，是村里的第一批党员，解放前后先后担任村里的治保主任、党支部副书记。他一生为革命做过许多有益的事情，其中两件事人们至今铭记于心。其一，卢沟桥事变后，日本侵略者大举进攻京西。一次，一队日伪兵抓到年过半百的陈老先生，要他带路向燕山深处的八路军据点进军。陈老先生沉着冷静，机智地与敌人周旋，最终把敌人带进八路军的伏击圈。那次，据说八路军小分队歼敌200余人，县、乡两级分别给陈老先生记了大功，在全县集中宣传了半个月。其二，1953年春党中央号召农村开展合作化运动。陈老先生积极响应党中央的号召，率先在村里组织起第一个东方红农业合作社，受到县、乡两级政府的表扬。这么一名对革命有功、对村里建设发展有贡献的老党员驾鹤西归，村里很重视，决定隆重喜葬老人，“大了”自然非刘嫂莫属。

刘嫂征得村干部和陈老先生亲属同意，首先建议制作了引魂幡，指引亡人升入极乐世界，长杆撑起垂直悬挂的“牌子幡、筒子幡、花篮幡”，分别写有亡人姓名、大限、名讳；备“吉祥盆”一个、砖头两块，祭奠时烧冥币用，出殡时由打幡的长子将“吉祥盆”摔在砖头上；备好灵牌、哭丧棒、焰食罐，灵牌放置于祭奠供桌正位，哭丧棒用秫秸秆儿裹白纸做成穗状，焰食罐由瓷瓶代之，辞灵时由孝子或近亲依次将供桌上的菜品填至罐中，并用馒头封住罐口，最后用白布包好、用红线扎紧，出殡时由长子抱罐到墓地，放置棺柩前座上随亡者下葬；备“买落钱”若干，串在一木棍上，出殡时由女婿持之一路高扬直至墓地，其意是打点拦路鬼祟，确保出殡平安顺利；准备“秧崩”两束，由白纸裁成花条制成，挂于家门两侧，吹鼓手坐“秧崩”下奏乐，告知此宅正办喜葬，引导远道亲朋前来烧纸祭奠。一切准备停当，晚辈按男女辈分分跪于棺柩两侧陪灵，男在左侧，女在右侧，长辈在前，晚辈在后，凡有前来烧纸祭奠者，陪灵者三叩首。祭奠第三天起灵下葬。亡人下葬前晚辈按辈分大小，再到棺柩前作最后祭拜。完毕，张罗人抬棺至墓地，沿途燃放鞭炮，吹鼓手奏乐。到达墓地后，刘嫂指挥张罗人先从墓坑四角处取出黄土各一份，交由儿媳以衣襟带回家中撒在睡炕四角，以示亡人保全家四季平安。儿媳回家沿途不准回头、不准与人说话。下葬时将孝衣扔入墓坑内与棺柩同葬，各种纸幡插在坟茔上，秧崩、哭丧棒、各式纸活统统烧在坟茔前。在“刘嫂大了”的精心安排下，陈老先生的葬礼有条不紊，周到细致，可以说平安顺利，乡干部村干部及亡者家人均为满意。

一红一白两件喜事办过之后，“刘嫂大了”可以说声名远播，各家大事小情都上门求助，甚至邻村办红白喜事也来请刘嫂前去料理。如今，耄耋之年的刘嫂耳不聋眼不花，听说谁家办事她不请自到，拄着拐棍前去指导，甘愿当个“编外大了”。

“大了”，解放前后京郊农村一特有行业，不管其有无文化，都是村里名副其实的乡贤，是中国传统民俗文化的见证者、实践者、传承者，是以人为本、人性化极强的集中代表，是乡野民间最受欢迎、受爱戴、受尊崇的人物之一。如今，随着农村城镇化建设速度加快，民间兴起了负责婚丧嫁娶各类红白喜事的“一条龙服务”公司，一辆汽车满载帐篷、桌椅甚至锅碗瓢盆来到事主家，从办事初始到结束，流程详尽，条理清晰，均由公司全权料理负责，不用事主半点费心，而且全程正能量，不带任何迷信色彩，很受百姓欢迎。然而，与之并存的仍有不同类型的“大了”，许多上了年纪的乡野村民还是信奉老规矩、老办法、老传统，遇事还是首先想到“大了”。

是啊，大了——生发于农耕时代的民间特殊行业，有其生存的环境和土壤，即使社会进入了今天的新阶段、新时代，仍然有旺盛的生命力，并且朝着社会主义新风尚不断地改革创新，在剔除糟粕的同时，传统民俗必将得到更加充分的扬弃与发展……

姑娘媳妇儿忙过年

村野漫炊烟，户户相连。掐指算来又一年。忙前忙后为哪般，举家欢颜。

花炮炸飞天，星星躲闪。莫道俗民兴狂颠。你村狂罢我村狂，通宵达旦。

一首《浪淘沙·过年》诗词概括了京郊农村春节前后忙碌、欢乐、幸福的景象。

每年过了立春，时令一进入腊月门，我故乡的人们就开始忙碌起来。当然，家庭和社会的责任不同，男人与女人、大人与孩童、老年人与年轻人忙活的内容也不一样。这里，听我说说我家乡农村年轻姑娘媳妇儿们春节前都忙些什么。

这里说的年轻姑娘是指已经成人但还没有出阁（结婚）的

女孩子；这里说的年轻媳妇儿，是指年龄尚小还没有当婆婆或岳母的妇女。她们因年龄相仿、性格相同，一般来说兴趣爱好相近，有共同语言，所以能说到一起、忙到一块儿。

忙着买头花窗花

买花是姑娘媳妇儿们春节前最喜欢做的一件事。进入腊月以后，姑娘媳妇儿们便三三两两聚在一起赶大集去买花。她们要买的花儿有两种，一种是头上戴的头花，另一种是窗户上贴的窗花。那时我们村周边几个集市卖的头花都是从北京城里批发过来的，大多是坐落在东花市大街上北京绒鸟厂生产的用绒布做成的绒花，每个摊点上摆放十几种，有石榴花、月季花、蝴蝶花，还有凤凰鸟、鸳鸯鸟、双喜字、千枝梅等，个个做得栩栩如生、鲜亮夺目。姑娘媳妇儿们蹲在摊位前精挑细选，最终各自买到自己心仪的绒花，有的用手绢包起来，有的直接戴在头上，对着摊位前的镜子照了又照，那个美劲儿溢于言表。

接下来，姑娘媳妇儿们又到卖窗花的摊位去逛。贴窗花在我国比较普遍，南方北方都很盛行。据说，南方以扬州的窗花最优，北方以河北丰宁的窗花为佳。我故乡集市上卖的窗花，南北方都有，以彩色水印居多。图案内容丰富多彩，有戏曲故事，有花鸟虫鱼，还有生产生活中春种夏锄、秋收冬藏各种劳作场面，有春夏秋冬一年四季优美景致，简洁灵动、自然风趣，将人们生活中的吉祥事物、美好愿景表达得淋漓尽致，深受大姑娘小媳妇儿们的喜爱。她们选好中意的窗花后，从摊主小铁盒中取出一根缝衣针，蹲在盛窗花的柳条筛子前用针轻轻一挑，一帧窗花便被取出，迅速夹在摊主递过来的一张草纸里。都选好了，交了钱，几个人叽叽喳喳地离开了摊位，边走边交流各自买的窗花。

那年月有钱买头花窗花的农家不多，绝大部分人家靠自己动手做花。邻居刘姑娘和李家大嫂就是我们那儿做花儿的能手。她俩做的头花大都是用包装盒里的彩色布条做原料，几种花色搭配在一起，经过巧手剪裁缝制，一支彩色花朵就做成了，戴在头上美不可言。她们剪的窗花用料也很简单，都是乡村过年写春联、结婚写喜字儿用的大红纸，有的新手用铅笔在红纸上画个图形，名叫打“腹稿”，然后，按照笔画剪裁。老手们不用打“腹稿”，大红纸拿在手中叠几折后直接用剪子剪，三下五除二,一帧窗花大功告成。她们剪的也都是自己生产生活中天天见、日日做的那些事物和景物，什么“老牛春耕图”“垂柳戏春风”“喜鹊登枝”“五谷丰登”等，妙不可言，应有尽有。腊月二十三小年一到，经过一场彻头彻尾大扫除后，把窗花贴在窗明几净的窗上、门上、墙上，即刻蓬荜生辉，给人一种充满人间的烟火气息。

忙着做新衣新鞋

尽管那个年代家家都很穷，然而大姑娘小媳妇儿们还是要想方设法做件新衣服做双新鞋子，千方百计把自己打扮得漂漂亮亮过春节。

那时人们除受经济条件制约外，思想观念也很陈旧，大多重男轻女，总觉得女孩子是给别人养的，早晚要嫁人，所以大都不让她们上学读书，即使开明一些的家长，也只让女儿读完小学会写自己的名字就行了，成人后或小学毕业后，要么在家帮着妈妈料理家务，学习做针线活儿，认为女孩子不会做饭做衣服是最大的缺憾，将来不好找婆家，即使找到婆家过了门儿也会受气；要么跟着爸爸到田里干农活儿，一方面能为家里创造些财富，另一方面经过摔打锻炼，落个好身板儿。家里地里忙活了一年，收秋了，家里见了活钱儿，多少也要给孩子一点零花钱。每当这个时候，女孩子舍不得花，偷偷收藏起来。进了腊月门后，家族中或左邻右舍的几个女孩子约在一起，赶大集买花布，回来后在妈妈的指导下做花衣，春节时把新花衣套在旧棉衣外，干干净净，漂漂亮亮，心里美滋滋的。婶子大娘见姑娘水灵漂亮，便自觉不自觉地把为她们保媒拉纤的事放在了心上。

与姑娘们相比，年轻媳妇儿们的心思大都放在孩子身上，因为她们不用分心，自己过年穿的新衣服一般都由婆婆早就准备好了，本人只操心自己孩子过年的穿戴就行了。因此，进入腊月门后，她们一方面给婆婆打下手，忙活过年的食材，一方面忙里偷闲给孩子准备过年的穿戴。其实，为孩子做衣服的布料早已准备好了，那是平时家里红白喜事中收的份子布，临时拿出来，一裁一缝便成新衣。只是鞋子比较麻烦，虽然在六月天儿早已用废布头打好了袼子，但纳鞋底可不是一时半会儿就能完成的，就算是快手，一双鞋底怎么也得纳两三天，完了还要上鞋帮、楦鞋，做一双鞋前前后后至少要十天半月。

新衣服新鞋子穿在孩子身上，美在孩子脸上，喜在媳妇儿们的心上。从正月初一到十五，迎来送往，走亲访友，等于一次集中大展览、大宣传，见过的都会说孩子妈有品位会打扮，把孩子侍弄得花骨朵一般，甭问，娘家婆家准是正经过日子人家。孩子妈听了心里甜滋滋的，感到年前年后总算没白忙，自己脸上有光，娘家也跟着沾光。

忙着剪头发绞脸

早年，京郊农村没有浴池、理发店，就算县城里干这营生的也是凤毛麟角，乡下大姑娘小媳妇儿出于封建，再加上生活拮据，基本不和这些行当打交道，该洗澡了，烧锅热水到私密空间洗一洗，头发长了，从针线笸里拿出剪子，找个要好的姐妹互相剪一剪，利利索索就过年了。

张三家有个老闺女叫兰子。说是老闺女，其实只有24岁。那年代女孩子过了20岁没嫁出去，就算大龄“剩女”了。兰子这个年龄还没出嫁有两个原因，一是他爹财迷，想让闺女在家多干几年活儿，多为家里做些贡献，当然也有舍不得离开闺女的意思；二是兰子本人心灵手巧，家里家外都是一把好手。做衣服，她裁剪的样式新颖，穿到城里也不显土气。她剪的头发特别利落整齐，还能把铁棍儿在炉口上烧热，像城里人烫发那样给你头发弄出花卷儿，使你转眼间变成了城里妞儿。

正因为如此，老闺女兰子春节前比任何年轻人都忙，东家女找她剪头发，西家女找她做衣服，整个一个腊月忙得脚不沾地，家里很少有她的屁股印儿。

年轻女人爱美好打扮，头发剪短了，利索了，脸颊上的汗毛怎么办？不知何年何月何人发明了一种祛除脸颊汗毛的方法——绞脸。

这里说的绞不是用剪子绞、绳子绞，而是用女人缝补衣服用的普通白线。具体操作方法我也说不好，大概就是取三尺长左右的白线，对折儿绕两圈，然后用双手撑开，形成一个长方形，其中一个线头用手攥着，另一个线头从平行的两条线中间穿过用嘴叼紧，双手和嘴一推一拉白线，形成一个咬合状态。这个状态不断紧贴着对方的脸颊上经过，其汗毛就被轻轻绞掉了，反复若干次，脸颊便干干净净，像刀刮的一样。我小时候经常看见嫂子们互相绞脸的情形。

如今，乡下到处都有浴池、理发店，女人们再也不用铁锅烧热水洗澡了，再也不用棉线绞脸了。是啊，一个时代有一个时代的特征，一个时代有一个时代的生活方式。今天的人们，包括乡下的人们，尽管生活富裕了，生活质量提高了，然而，当年乡下人的那种俗而不媚、雅而不庸的生活情景，回忆起来着实让人颇有亲切感与留恋感。也许这就是乡愁吧！

春节前小孩子忙做四件事

春节是中国民间最隆重的传统节日，是人们祈福禳灾、欢庆娱乐的民族大节。从腊月二十三小年起，人们就开始忙碌起来。“二十三糖瓜粘，二十四扫房子，二十五磨豆腐，二十六割年肉，二十七洗疚疾，二十八把面发，二十九蒸馒头，三十晚上扭一扭。”这个流传在我的故乡的顺口溜，把腊月二十三小年过后农家忙年的情景刻画得惟妙惟肖。

顺口溜讲小年过后忙碌的泛指大人，小孩子不包括在内，因为他们有他们的任务。我记得小时候春节前小孩子要做四件事，这四件事都与除旧布新、祈求丰年有关。

折柏灵枝

小时候过年母亲都要捞一盆饭放在案头，名曰“接年饭”，饭上面要插一枝柏灵，柏灵上面挂些黄纸做的纸钱，直到“破五”才把饭收起来恢复常态。接年饭寓意为打的粮食吃不完，一年接一年，百验百灵。

虽说接年饭上面只插一枝柏灵，可这一枝柏灵却求之不易。我们村虽然有几座古寺古庙，文化底蕴丰厚，但寺庙里种的都是清一色的松树，没有一棵柏树。好在小学校东侧一富家祖坟地里有一棵柏树，树高十余丈，干粗盈尺。如此之高之粗，我们小孩子是爬不上去的，也不敢爬，只能“望树兴叹”。

怎么办？妈妈把接年饭做好了，纸钱也准备了，就差一枝柏灵了。树下，就在我心急如焚的时候，只见小学校南墙外走来一个大小伙子，肩上扛一根擀面杖粗的木棍，木棍一端安个铁钩子，另一端拴一根长长的绳子，边走边哼着歌曲：解放区的天是明朗的天，解放区的人民好喜欢……

此人叫二柱，16岁，因父亲在煤矿“走窑背煤”出了事故，被砸断了一条腿，失去了劳动能力，全家只能靠母亲给人做针线活儿维持生活。极度的贫困迫使二柱小学毕业后就不读书了，在爹的指导下侍弄家里的几亩地。他今天也是来折柏灵的，见我们一群小孩子围在树下打转转干着急，便大喝一声：“都靠边站，看我上树给你们砍几枝树杈下来！”话音落，只见他双手抱树，噌！噌！噌！一会儿工夫便爬了上去。他把木棍握在手中，低头对树下的我们喊：“都离树根远点儿，我开始砍树杈了。大伙儿都抬头看我，别被下落的树杈砸着。还有，每个人只准折一枝柏灵，不准多折。这树是有主人的，砍多了树杈人家会不高兴的呀！”随着喊话结束，一枝枝树杈从树上落下来。

我们高兴地围了过去，精心挑选自己所需要的柏灵。

我和伙伴们如愿以偿，都得到了一枝碧翠浓香的柏灵，心满意足地各自回家了。母亲见我拿回了柏灵也特别高兴，赶忙挂满备好的纸钱并插进接年饭里，一边插一边嘴里不知嘟囔着什么，大概还是祈祷平安幸福、丰产丰收、年年有余之类的话。如此这般做，到底有无成效？说实话，我没有看到，只是觉得家里的生活仍不富裕，每年春天仍是青黄不接闹粮荒。人们之所以乐此不疲地坚持这么做下去，主要是表达一种美好企愿吧！

背冰块儿

早年间农村人各家种各家的田地，积极性都非常高。庄稼一枝花，全靠肥当家。为了多打粮食，各家各户分外重视积肥。那时农村积肥主要通过三个途径：一是猪圈、驴棚、鸡舍。把玉米秸铡断或从地头路边刮草坯子扔进圈里、棚里，上面盖一层土，适量洒些水，经过一段时间浸沤，玉米秸或草坯子腐烂，变成腐殖质，就成了很好的农家肥，取出来堆在院外留用。鸡舍不用垫东西，隔一段时间把鸡粪掏出来即可直接做肥料用。二是厕所。农村厕所很简陋，挖一长方形土坑，底部和四壁用灰石砌好，上面的盖留一拃宽的空隙，方便时大小便从空隙处落进坑里。时间长了，坑里大小便积多了，掏出来与炉灰混合拌匀，堆在院外留用。三是利用早晚空闲时间背着粪筐到村外车道上捡拾牲畜粪便，一段时间下来，门前也能堆起大小不等的粪堆。

所谓背冰块儿，就是从村南大水坑处取冰，背回家放在粪堆上。随着太阳照射和天气转暖，野冰慢慢融化，点点滴滴渗入粪堆里。据说冰水既可保肥料湿度又可杀灭粪中细菌。春天到了，把粪捣碎，里面腾腾冒着热气，粪里的有害细菌被冰水统统杀死了，撒进春播地里既保墒又有助庄稼生长。从南大坑往家背冰块儿可不是容易的事，因为全村就这么一个野大坑，家家都从那里取冰，常常供不应求。特别是对我们小孩子来说，力气小，刨不动冰，一般都是大孩子用镐把冰捣成块状，他们把大块运走，剩下的小块留给我们。

生活何处不艰难！刨冰者险，背冰者苦。我家住村北，野坑在村南。那时我才八九岁，背一筐冰路上要歇几次，来回要半个小时，把肩膀压得生疼，手脚冻得生疼。当然，对刨冰的大孩子来说，既要吃苦，又要担风险。一次两个大孩子并排着刨一块冰，快要砍断刨透时就听“嘎巴”一声响，一大块冰翻了个个儿，站在冰上的两个大孩子双双跌入水中，幸亏是在坑边，水只有大人齐腰深。在周围几个大人的帮助下，两个大孩子被救上了岸，然而也冻得直打战，赶紧跑回家中换衣服。自打那次刨冰人落水之后，村里做出规定：不准小孩子刨野冰，不准到坑中间刨野冰，不准一人单独刨野冰。此后，再没有出现过类似情况。

扎西瓜灯

不知从什么时候开始，农村春节前有扎西瓜灯的习俗。所谓扎西瓜灯，就是用高粱秆扎成西瓜状灯笼或谷穗、高粱穗、玉米棒、麦子穗状，挂到街门上或插到粪堆上，意为来年风调雨顺、五谷丰登。当然，这个活计都是小孩子的任务。

我家地里每年都要种几垄高粱，一是利用顶部长穗儿的那节细长的高粱秆穿“锅拍儿”，留作放水饺、面条用；二是盖房时用高粱秆编笆席铺在椽子上；三是留作屋里糊顶棚时绑龙骨架用；第四就是留作春节前扎西瓜灯用。

扎西瓜灯并不复杂，先选出顺溜、节儿长的高粱秆，从自然节儿中削断，变成尺把长的独立短秆儿，然后从一端一条条地剥开席篾，不折断，而是插入并固定在这节儿高粱秆的中间部位，每条席篾都照此做完后，就成西瓜状的灯笼了，乡下人就叫它西瓜灯。不剥掉席篾，而是把一节节高粱秆用席篾插到一根高粱秆镶上，就象征着谷穗、麦穗。把它们挂在院门上或插在院外的粪堆上，微风吹来，西瓜灯、谷穗、麦穗、高粱穗微微点头，似乎向人们招手示意风调雨顺、丰收在即。

当年，我们左邻右舍的小孩子把扎好的西瓜灯挂出来后，都要聚在一起品评比较一番，看谁扎得像、扎得牢、扎得漂亮，评出扎得最好的孩子介绍经验。年年这样品评，大家扎西瓜灯的技术也年年有所提高。

撒芝麻秸

在自家院子里撒芝麻秸，是每年春节除夕前一天的事，一般在贴完春联之后去做。所谓撒芝麻秸，就是从大门里到正房门前沿途撒满芝麻秸，人走在上面发出吱吱嘎嘎的响声。

按照老人的说法，这个习俗象征家庭岁岁（碎碎）平安，日子年年升高。此种说法我不敢苟同，我倒觉得另有两种说法靠谱：为了过好一年一度的新春佳节，家庭富裕的不富裕的都做了充分准备，备足了平时舍不得买的白面、猪肉、糖果、新衣服等。因为刚解放不久，社会还很不安定，一些坏人趁人们放松警惕出来搞破坏，一些毛贼也趁机出来偷东西。院子里撒了芝麻秸，坏人、毛贼进得院来踩在芝麻秸上必然发出响声，等于给主人报了信；另外，春节期间家家要互相走动或互相拜年串门，院子里撒了芝麻秸，来人进门就有响动，主人听到响声便主动出门迎客，显得礼节周到，礼貌待人。我觉得这两种说法既合情又合理。

芝麻，又称脂麻、胡麻，一年生草本植物，是中国主要油料作物之一，它的种子含油量高达50%至60%之多。芝麻产量极低，因此在我的家乡京郊房山极少种这种作物。而春节期间院子里又必须撒芝麻秸，所以偶尔有几家种一两分地芝麻，也主要是用它换油吃。如此这般，芝麻秸就显得弥足珍贵和奇缺。我家多年没种芝麻，因此寻找芝麻秸就成了我春节前的又一项任务。好在我在本村初级小学结识了许多同学，完小到附近瓦井村读书又结识了不少外村同学。东方不亮西方亮。众多同学中总会有家庭种芝麻的，所以我家每年春节院子里总是少不了芝麻秸。左邻右舍都很惊奇：这几年没见他家种芝麻，过年时院子里却年年不缺芝麻秸，难道是从集市上买的？难道是他家有存货不成？听到如此这般议论，我心中不免升腾起成就感、自豪感。

折柏灵枝、扎西瓜灯、背冰块儿、撒芝麻秸这些过年习俗，无非就是祈祷年景风调雨顺、丰产丰收，祈求家庭平安无事、幸福美满。今天看来，这些习俗不过统统是心理作用、自我安慰。20世纪60年代初，我参军入伍了，从此卸去了肩上那四项任务。据家人说，那些旧的习俗在“十年浩劫”中早已被“破四旧”破掉了。听到这个消息，我欣然提笔作打油诗一首，略表心中喜悦之情——

皇城边上度春秋，千年祖训记心头。
背向蓝天脸朝土，日出而作日落休。
勤作桨苦作舟，缸满囤流靠奋斗。
甩开膀子阔步走，蘸着血汗绘宏图。

拜年

萧疏白发不盈颠，守岁围炉竟废眠。
剪烛催干消夜酒，倾囊分遍买春钱。
听烧爆竹童心在，看换桃符老兴偏。
鼓角梅花添一部，五更欢笑拜新年。

古人孔尚任一首七律拜年诗，生动形象地表现了早年乡野民间春节除夕夜阖家守岁、五更拜年的欢乐情景。

拜年是春节期间的一项重要活动，是人们相互表达美好祝愿的一种方式，是特别受孩子们喜欢的一件事情。

据史料记载，拜年这项春节活动始于秦汉，到南北朝时期便明确“鸡鸣而起，先于庭前爆竹，以辟山臊恶鬼。长幼悉正衣冠，以次拜贺”（见南朝梁宗懔《荆楚岁时记》）。到了宋代，拜年不仅是民间普通老百姓祝贺新年、交流思想、增强家族团结的一种形式，也是上层社会联络感情、增进人际关系的一种手段。到了明朝，人们开始以“投谒”代替拜年。从清朝时期起，拜年又添“团拜”形式，即大家聚在一起相互祝贺。民国以后，开始有了印制的贺年片，不过内容和格式发生了巨大变化。随着科技的发展，20世纪末至21世纪，又兴起了电报拜年、电话拜年、短信微信拜年。

一年一度的春节拜年，并非蕴含迷信色彩，着实是增强家族团结、促进邻里和睦的一项重要活动。

刘家两兄弟分家时因为一辆独轮车闹了矛盾：老大手中有个旧车轮，所以分家时提出只要那个独轮车架子，车轮留给老二；老二考虑一人分一部分看似公平，实际上把车拆散了，往后谁用也不方便，提出把独轮车整体分给哥儿俩其中一人，分到车的人给没分到车的人一定数量补偿款。其父母觉得老二的意见靠谱，便采纳了他的意见，并决定把整个车分给他，由他负责给老大做个新车架子，这样两人都方便。本来这样处理比较稳妥，谁知老大不满意，觉得老二做新车架子不知猴年马月，会耽误自己用车。因此，哥儿俩你争我夺，不欢而散。眼看春节到了，年三十夜里，老二带着媳妇、儿子到老大家拜年，进门就哥哥嫂子地叫着，四岁的儿子不由分说，跪在地上就磕头，一边磕一边喊着大爷大娘。老大两口子见状，赶忙拉弟弟和弟媳坐下，边倒水边掏压岁钱给小侄子，那个热乎劲儿早把分家时那档子不愉快的事忘到九霄云外了。

李、孟两家的儿子只差一岁，李家的大，孟家的小。一天两个孩子在一起玩弹玻璃球，孟家孩子说打中了李家孩子的球，李家孩子死活不承认，于是两人动了手，李家孩子一躲闪，孟家孩子正好撞在了一棵小榆树上，鼻子流了血，吓得哭着跑回了家。孟家主人带着孩子找到李家，要李家带孩子去卫生所治伤，并代交治疗费。李家孩子说是他转身时自己撞到树上的，不关自己的事儿，李家主人据此怎么也不肯带孩子去卫生所治伤。为此，两家结了梁子，见面连招呼也不打。到了大年三十晚上，李家两口子带着儿子来孟家拜年，又是作揖又是道喜，左一个“恭喜发财”，又一个“新春大喜”，弄得孟家赶忙让座倒茶；两个孩子转脸跑出屋子放炮仗去了，就像什么事都没发生过。

三星正南家家拜年。这是我家乡流传的一句俗语。三星，指天上的牛郎星。该星随地球运转东升西落，大年三十夜里东升运行到正南方向时，正是丑时五更十分，守了大半宿岁的全家人准备吃守岁饺子了。吃饺子之前必须先拜年，这是祖辈传下来的习俗。

所谓拜年，泛指晚辈给长辈拜年。在我的家乡，即使同辈，弟弟也要给哥哥嫂子拜年。一般情况下，小孩子先拜，从在世的最高辈分拜起，一直到哥嫂。拜年时先说出给谁拜，然后向祖宗牌位作一揖，再双膝跪地三叩首。小孩子拜完后哥嫂拜。家中辈分最高的不拜年，没结婚的姑娘不拜年。

小孩子给长辈拜年不白拜，长辈要给压岁钱的，这也是老祖宗传下来的习俗。传说古时有一种妖怪叫“祟”，黑身白手，每年大年三十晚上出来害人。它的白手一摸小孩子的头，小孩子立刻大哭不止，由此高烧不退。压岁钱的“岁”与小妖“祟”同音，长辈给了压岁钱，能把妖怪压住，保孩子平安度岁。

长辈给孩子压岁钱，有两种方式，一种是拜过年后长辈直接把钱塞进小孩子的衣兜里，顺便说些平安度岁、新年大吉之类的祝福语。还有一种方式是把压岁钱塞进小孩子的枕头下，借以辟邪驱鬼，保佑孩子平安无事。

据史料记载，压岁钱最早出现于汉代，那时还未实行货币压岁钱，民间只流行钱币状的佩戴物，由长辈给晚辈戴在脖子上。有的年前想方设法把旧币兑换成新的，甚至是连号的纸币或铜币，用红纸包起来，寓意来年日子红红火火，步步升高。还有的专门选钱币号为六或八的做压岁钱，取“六六顺”“发大财”之意，同样祝愿晚辈走运发财、平安顺利。

在家里拜完年后，天还没有大亮，孩子们开始给村里的家族长辈和左邻右舍的长辈们拜年。我小的时候每到这时便与早已约好的同族小哥们儿一起，开始走街串户拜年。给同族长辈拜年，不管路远路近，要先到辈分最高的那家去拜；如果同辈，先到年龄最大的那家去拜。每到一家，主人听到院子里芝麻秸发出“嘎嘎”响声，知道有人来拜年了，赶忙端坐在正房迎门的八仙桌子旁，桌前早已放好一蒲草垫或一麻袋片儿，那是专门为拜年人准备的，省得拜年磕头时弄脏了衣服。不管来人多大年纪，接受跪拜的长辈嘴里说“免了吧”，却不拦不挡，任你一口气把全家该拜的都拜一遍。末了，长辈把你拉到炕沿边，要么塞给你几个零钱，要么抓一把炒花生炒瓜子或几块糖疙瘩、几只小花炮塞进你的衣兜儿里，同时说几句“这孩子又长高了长胖了”之类的话，俗称“拜年话”。

小孩子拜年，本来一家拜过之后就可以了，不可重复拜。但是，小孩子多少有些“贪”，如果这家拜年给钱或给比较新鲜的零食吃，那么他们转过一圈后，会再来这家第二次甚至第三次拜年，虽然主人认出他们的面孔，叫出他们的名字，知道他们来过一次两次了，也并不埋怨和讨厌，相反，依然很高兴、很欢迎。因为他们觉得孩子们来得多，说明自家人缘好，看到下一代活蹦乱跳心里痛快，觉得这才是过年的样子，至于多送几个压岁钱多消耗点儿零食没什么，过年嘛，就图个热闹活跃，图个家族人丁兴旺发达。

就是这样拜了这家拜那家，都拜过了天也大亮了。这时孩子们各回各家，把“战利品”藏进自己的私密空间里，留着慢慢享用。然后，按约定跑到街上、打麦场上，放炮仗、玩儿踢球、捉迷藏去了，直到中午才回家吃午饭。

大年初一孩子们拜完年后，该轮到大人拜年了。大人拜年也是按照被拜者辈分大小、年龄高低的顺序进行。他们当中有小两口一同出去拜的，有兄弟几个或妯娌几个相约去拜的。他们拜年也是真磕头，接受跪拜的长辈同样不拦不挡，但不给钱，只热情地让你坐下来，喝碗茉莉花茶水或吃点花生瓜子糖疙瘩，愿坐的就坐在炕沿儿边儿与长辈们聊几句家长里短，不愿聊的说一声“到下家转转”便走了。

我家在村里是个大户，人称“北井王”，是早年从河北清苑县全昆镇大槐树王家迁出的一支，经过二三百年繁衍生息，如今已发展到几十户，占据了全村一大片江山。因此，每年春节拜年都是出了这家到那家，大半夜加大半天才能都拜到。直到我参军离家之前，一直延续着春节拜年这个传统习俗。

拜年，乡野农家历史惯性和传统节奏的一个小小截面，却闪烁着农耕时代的无穷智慧和文明光辉。无论社会如何发展，作为中国大地上的重要社会场域和经济单元，向往智慧、追求文明，将是它永远的本能、初心、期许、憧憬……

后记

故乡，一个人出生或长期居住过的地方，亦称老家、故园、家乡。

我的故乡在京郊房山农村。和全国千千万万个乡村一样，我的故乡是一个具有自然、社会、经济等主要特征的地域综合体，兼具生产、生活、生态等多重功能。她与城镇共生共融共长，构成一群乡野俗民世代繁衍生息的一隅空间。

“露从今夜白，月是故乡明。”故乡是传统的文化旨归。一个小小的村庄，几百户几千口人，不分男女老幼，不论读过书的还是没进过学堂的，他们从深邃的历史走来，沿着农耕生活的时间纹路，尽情展示着精神文化的活化表达。他们人人心中有一团火，一团对美好生活无限向往的初心之火。他们聪慧睿智，豁达宽厚；他们热心善良，刚毅坚强；他们内心丰盈，充满激情；他们苦心孤诣，坚守本真；他们遵守人生哲理，崇尚人性伦理；他们不仅支撑着本地经济，还精心构建着本土文化，承载着丰富多彩的民俗民风；他们的心灵最清晰、最圣洁，无时无刻不释放着无尽的生命光辉和沧桑世理。凡此种种，无不昭示和闪耀着中华民族几千年来的文化本义和文化旨归。在那里，我们可以找到心灵的自由和情感的宁静，找到中华传统文化的根脉谱系和基因密码。

“悠悠天宇旷，切切故乡情。”故乡是游子的精神原乡。在大千世界中，在浩繁宇宙间，我的故乡不过是一粒尘沙、一颗凡星，微乎其微，不缀耳目。然而，她却像原子核中的粒子一样，蕴含着没有穷尽的裂变效能。在我的记忆里，故乡是那样的伟岸高大，她占据了我心胸的好大一块空间，尽管离开故乡走进军队武装行列已达一个甲子时日，但故乡浓郁的音容、色彩、味道，时常充斥我的耳间，出现在我的眼前，飘进我的嗅觉器官。原因只有一个，故乡是我生命的来处，是我心灵的大本营，是我的情感家园。一言以蔽之，故乡是我的精神原乡：她的一口古井、一盘石碾，一棵老树、一堵残墙；一群鸡啼、一阵犬吠；一台村戏、一首歌谣……时不时搅得我心不静、食不味，多少次梦见“屋上飞鸠鸣，村边杏花白”，梦见“桃红富含宿雨，柳绿更带朝烟”……即使在龙腾虎跃、杀声震天的训练场上和演习阵地前，也免不了偷闲生发对故乡的一缕思念——爱之深情之切啊！

“君从故乡来，应知故乡事。”故乡是富足的人文渊薮。作为散文集《最美乡愁》三部曲，此册《回望故乡》连同前两册

《远去的老行当》《那些年那些事》，涉及故乡诸多人诸多事，他们都是我的先辈前人、邻里乡亲、发小玩伴，都是我听到见到甚至亲身参与其中的往事，他们中有男有女，有老有少，有干部有群众，有乡贤有俗夫，有五行八作手艺人，有小商小贩买卖人，有教师游医乞讨者，有终生劳作的田把式……他们知识丰富，勤劳勇敢，精神高尚，技艺高超，其情性人性、品行德行超乎寻常，令人信服赞叹。他们不趋利、不媚俗、不浮华、不造作，不戴假面具装腔作势，拢天地经纬于怀中，纳宇宙万物于掌心，堪称物质性精神性互为互融的典型代表。他们集合起来汇成一本厚重的大书，一册精美绝伦的区域史、人物志、风俗画，一幅惟妙惟肖的《清明上河图》，是富足的千真万确的人文渊薮。

我的故乡是动态的，是有生命的。她的春天属于播种，播种希望，播种期盼；她的夏天属于歌唱，歌唱万物，歌唱生长；她的秋天属于收获，收获甜蜜，收获幸福；她的冬天属于复盘，复盘心绪，复盘愿景。

我的故乡是磁场，是清泉，是学堂，是中华文明文化的发祥地，是心灵的原点起点，是情感与精神的家园，是孕育知识、智慧、品质、精神的良壤沃土，是滋养她的儿女成长成才的源头活水，是我等在外游子的不了情，是远行客永不退却的心灵记忆。

对故乡的依恋何尝不是对祖国的依恋。日月既往，不可复追。青天无尘，明月常新。衷心祝愿故乡在伟大祖国的怀抱中，在中国特色社会主义新时代的征程上，展翅翱翔，奔向更加灿烂的明天！

书中有的村名、人名均为化名，特此说明。

王志祥

2021年8月1日于北京

解放军报社惜民斋

附录：录影往事 留住乡愁

——我写《最美乡愁》三部曲的初衷

历经十载伏案耕耘，我的50余万字的《最美乡愁》三部曲——《远去的老行当》《那些年那些事》《回望故乡》，终于休笔面市。她，不仅是我于青少年时期故乡生活的回眸，更是我献给建党百年的一份薄礼，是我对故乡父老的一种回馈，是我为京西传统文化做的一点补缺。

近些年，一个热词充斥各类新闻媒体，从普通百姓到党和国家领导人，都时不时谈及。这个热词就是：乡愁。

何谓乡愁？乡愁就是你离开这个地方就会想念她，就是一棵没有年轮、永不老去的树，就是对故乡无数碎片化的记忆，就是无法割舍、难以忘怀的妈妈的味道，就是对老家、故园、家乡最深沉的眷恋与牵挂。

1942年仲夏，我出生在北京西南郊房山农村一个普通的农民家庭，在那里度过了我宝贵的青少年时光。22岁高中毕业后，正是蒋介石反攻大陆的言论甚嚣尘上之时，我毅然决然参军入伍，奔向保家卫国的光荣岗位，先是在基层摸爬滚打，后到机关当干事写写画画，再后来到报社当编辑编稿写稿。职业使然，我的足迹遍布全国。然而，无论走到哪里，从未被外面的精彩世界迷惑双眼。闲暇时，思绪总会飞回故乡，飞向故乡的山山水水，飞到故乡的田间地头，飞进祖辈蜗居的那个农家小院。那是我生命的来处，是我精神的原乡，是我魂牵梦绕的人生大本营。

从花甲退休到寿登古稀，再到耄耋之年，我心灵深处便多了些沧桑感、怀旧感，青少年时期家乡那些声音、色彩、味道，时常充斥耳间、出现在眼前、飘入鼻孔，乡愁越发浓烈。

情之深，爱之切。乡愁是在外游子的不了情，是远行客的精神家园和心灵记忆：家乡的一口古井、一盘石碾，一条小河、一湾水塘，一棵老树、一堵残墙，一群鸡鸣、一阵犬吠，一台村戏、一首歌谣……时而单个凸现，时而一齐涌来，搅得我心不静、食不味，躺在床上辗转反侧。愁多知夜长啊！

值得一提的是，故乡那些先辈前人、邻里乡亲、发小玩伴更让我终生难忘。他们有着中国农民共有的品质、品格、品行、品德：他们爱憎分明、大义凛然，坚强刚毅、聪慧睿智，勤俭朴实、苦心劳作，纯真无瑕、乐观向上；他们讲仁爱重民本，守诚信崇正义；他们敬教劝学、兴贤育才，注重德智体美劳的统一和旨归；他们坚守日月法理和纲常伦理，尊崇乡野性韧和人文光泽……他们体现着中华传统文化的精神和传统道德的精髓。

2003年，我结束了近半个世纪的军旅生涯光荣退休，从那时起，空闲下来的我故乡情结越发浓重，时常借以追思先祖之机回故乡小住，这才发现“昔人已乘黄鹤去”“山回路转不见君”，连那些发小玩伴也都“乡音无改鬓毛衰”。与此同时，随着农村城镇化建设迅速推进，家乡的自然环境也发生了翻天覆地的变化：小楼林立，路宽且直，绿树成荫，鸟语花香，村前村后“杨花落尽子规啼”，“蓝田日暖玉生烟”，“小桥流水人家”，“但见新人笑”……当年那种“狗吠深巷中，鸡鸣桑树颠”“晨兴理荒秽，带月荷锄归”的传统意义上的乡村景象完全不见了。

地域广阔、历史悠久的中国，每个地区都有它独特的文化和精神，这种地域性的文化和精神滋养萌生着这个地区的文明和健康。如果说旧中国有5000年的文明史，那么中华人民共和国的成立则标志着下一个5000年文明史的开启。作为出生在中华人民共和国成立前夕、已迈入耄耋之年的我等之辈，既看到了旧中国农业文明的背影，又感受到了工业化、市场化、城镇化、全球化对传统乡土文化的冲击；既感受到农耕时代中华古文明的影响，又受到工业革命近现代物质文化、消费文化、科技文化高度发达的影响。生活在这个历史交汇期，我们有责任、有义务帮助年轻一代了解昨天的农业文明，使他们更好地把握幸福的今天，充分发挥聪明才智，开创更加灿烂的明天。当一个津渡口，做一个传承人，用过往的农业文明和现代多元文明熏陶年轻一代，启迪他们明所从来、知所将往，集聚起磅礴的进取能量，推动中华文明不断向前发展。这，便是我写作《最美乡愁》三部曲的终极目的。

我的系列散文集《最美乡愁》三部曲，主要截取农耕时代一个极短的时间段，打捞一些故乡生活的点滴碎片。限于思想水平、文字功底瓶颈制约，文集难免有狭隘、简单、幼稚、浮浅之处，不足以彰显故乡的气度气质、风仪风韵，不足以展示故乡的沧桑况味、义胆豪魂。斗胆将她献给故乡，权作游子捧给父老乡亲一壶淡淡的凉茶吧！

图书在版编目（CIP）数据

回望故乡 / 王志祥著. -- 北京：海豚出版社，2022.3

ISBN 978-7-5110-5909-3

Ⅰ. ①回… Ⅱ. ①王… Ⅲ. ①散文集－中国－当代 Ⅳ. ①I267

中国版本图书馆CIP数据核字（2022）第040572号

回望故乡
HUIWANG GUXIANG
王志祥 著

出版人 王 磊
责任编辑 王 水 张 镛 李文静
装帧设计 吴光前
插 图 庄明正 李云峰
责任印制 于浩杰 蔡 丽
法律顾问 中咨律师事务所 殷斌律师
出 版 海豚出版社
地 址 北京市西城区百万庄大街 24 号
邮 编 100037
电 话 010-68325006（销售） 010-68996147（总编室）
印 刷 北京联兴盛业印刷股份有限公司
经 销 新华书店及网络书店
开 本 710mm × 1000mm 1/16
印 张 15
字 数 152 千
版 次 2022 年 3 月第 1 版 2022 年 3 月第 1 次印刷
标准书号 ISBN 978-7-5110-5909-3
定 价 68.00 元